늦깎이 일기

늦깎이 일기

꿈이란 내가 이루어내는 기적
나는 할 수 있다

생각나눔

어머니!

오랜만에 불러보는 어머니.

저 하늘나라에서는 이제 외롭지 않으세요. 어머니?

내일모레면 저와 함께 비행기 타고 한국에 갑니다. 기억나세요?

어머니께서 살아 계셨을 때 우리 함께 한국 다니러 갔었잖아요.

우리가 이번에도 함께 가지만 이번이 어머니와 마지막이란 생각을 하니 가슴이 미어집니다. 어머니의 딸 춘엽이가 그토록 바라던 일, 정년퇴직을 하면 어머니 모시고 한국에 나가 함께 살면서 공부하겠다고 말씀드렸잖아요.

어머니께서 태어나 성장해오신 어머니의 고향, 어머니의 친정 마을 시냇가로 모실게요. 어머니께서 어린 유년 시절을 즐겁게 보내셨던 시냇물이 흐르는 그곳을 어머니께서는 항상 그리워하셨죠.

어머니 이제 모든 근심 걱정 다 놓아버리시고 아버님과 오빠가 계신 그곳에서 편히 쉬세요. 저에게 또다시 기회가 주어진다면 그때에도 어머니의 딸이 되고 싶습니다.

어머니께서 저에게 그토록 바라셨던 공부도 꼭 하겠다고 약속드립니다.

어머니 사랑합니다. 이 세상 어느 누구보다도….

어머니!

오늘 비로소 어머니를 떠나 보내드렸습니다.

어머니께서 그토록 좋아하셨던 고향 마을 뒤쪽 시냇가 기억나시는지요?

어릴 적 어머니 따라 가끔씩 이곳에 와서 사촌 동생들과 물장난하면서 놀던 이곳은 언제 봐도 어머니의 품속처럼 따뜻합니다.

어머니! 경쟁도 근심도 걱정도 없는 그곳에서 아버지의 사랑을 듬뿍 받으시면서 행복하게 지내세요.

✏ 2008. 6. 16. 월.

어머니!

저요, 내일이면 첫 등교를 합니다. 44년 전으로 돌아가는 기분이네요.

제가 그토록 바라던 제 소원이 이루어진 건가요?

고향 땅, 그리고 도암초등학교 기억나세요?

어머니! 내일 꼭 지켜봐 주세요. 제가 입학하던 날 어머니께서 함께 가주셨던 그 날이 지금 제 머릿속에 맴돌고 있습니다.

내일은 이 모든 절차를 도와주신 가정교사와 함께 갑니다.

45년 만에 다시 초등생이 되었다.

설레는 마음보다는 손자 손녀뻘 되는 아이들이 어떻게 생각할까 걱정이 앞선다.

그리고 마음 한편으로는 내가 뻔뻔스럽다는 생각마저 든다.

오늘 아침 첫 등교, 나를 도와주신 가정교사 선생님과 함께 버스터미널로 갔다. 남들이 보기에는 우리는 부부 같았을 것이다.

나는 학교를 서울에서 다니려고 했었다. 헌데 컴퓨터에 나의 옛 기록이 남아 있지 않단다. 서울교육청에서 모교로 돌아가란다.

나는 인생의 반을 미국에서 살았고 공부는 하고 싶었지만 어디서부터 어떻게 시작해야 하는지 아무것도 몰랐다.

미국에 있을 때 반도여행사의 단골손님이었던 나는 지금 나의 룸메이트인 가정교사를 알게 되었다.

여행사 사장님에게서 이 선생님이 한국에서 살고 있다는 소리를 듣고 부탁하여 전화번호를 얻었다.

앞으로 이 선생님이라 부르기로 하자.

미국에서 국제전화로 이 선생에게 도움을 청했더니 흔쾌히 도와주겠다고 하신다.

귀국하여 이 선생과 함께 도암초등학교를 방문하였다. 기록에는 퇴학으로 처리되어있었다.

교감 선생과 교육청 장학사, 그리고 이 선생의 도움으로 복학을 하여 우여곡절 끝에 오늘 첫 등교를 하게 된 것이다.

가정교사와 함께 나타난 우리를 보고 학교에서도 부부인 줄 안다.

내가 탄 버스가 떠날 때까지 이 선생은 꿈쩍도 하지 않았다.

재입학 허락을 받고 나는 이곳 군청을 찾아갔다.

그곳에는 미국에서 정치학을 전공했던 황주홍 군수님이 계시기 때문이다.

군청에 들어가 직원에게 내 소개를 한 뒤 면담을 요청했다.

여직원이 잠시 기다리라고 하더니 얼마 되지 않아 군수님께서 나오시며 반갑게 맞이해주신다. 오랜만에 만나 이런저런 얘기 끝에 영어교사 한 자리를 부탁했더니, 이곳 강진에 폐쇄된 학교를 재건축하여 3개월 후면 영어교사가 필요하다고 말씀하신다.

이 선생은 교사 자격증이 있는데다 미국에서 오래 살았기에 영어도 잘하고 서울 서부교육청에서 강사로도 근무했었다.

나를 도와주려면 이 선생도 이곳 강진으로 이사를 와야 하는데, 첫째는 이 선생의 직장이 있어야 이사를 올 수 있었기 때문이었다.

모든 일이 순조롭게 풀려나갔다.

그동안 한국을 여러 차례 다녀갔다. 집 문제 때문이었다.

서울에서 먼저 내려온 이 선생이 강진에 조그만 18평짜리 빌라가 나왔다 하기에 그 빌라를 사서 가재도구를 채워놓고 다시 미국으로 돌아갔다.

정년퇴직이 5월 1일이었기 때문에 이를 마치고 다시 한국에 돌아와 첫 등교를 했다. 버스에서 내려 운동장에 들어서는 순간 가슴이 마구 뛴다.

콩닥콩닥. 학교 복도에서 마주친 학생들이 먼저 인사를 건넸다.

나도 답례로 인사를 했다.

"안녕하세요?" 교감실에 들렀다.

교장, 교감 선생님께서 친절히 맞이해주신다.

교감 선생님이 나를 교실로 데리고 갔다.

노크하자 문이 열리고 대학생 같은 젊은 분이 교감 선생님을 보자 허리를 굽혀 깍듯이 인사를 한다.

교감 선생님이 나를 소개하시고 나에게도 젊디젊어 보이는 대학생 같은 분이 내 담임이라고 하신다.

선생님께 나를 인계하신 후 교감 선생님 돌아가시고, 나는 선생님과 함께 반으로 들어갔다. 선생님께서 학생들에게 나를 소개하신다.

학생 수가 적어 6학년 1반 한 반밖에 없었다. 학생들은 내 소개를 빈자 빙긋이 웃는다. 반 아이들한테는 마른하늘에 날벼락이었겠지. 그 애들 속으로 얼마나 놀랐을까?

담임은 김용택 선생님이다. 나에 대한 선생님의 약식 소개가 끝난 후 내 소개를 하라고 하셨다. 나는 이렇게 말했다.

"학생 여러분! 안녕하세요? 처음 뵙겠습니다. 제 이름은 김춘엽이에요. '춘'이라 불러 주시고 앞으로 잘 부탁합니다."

반갑게 맞아주는 학생들 박수 소리가 고마웠다.

첫날이라 뭐가 뭔지 어리둥절해서 꼭 바보처럼 느껴진다.

담임 김용택 선생님은 착하게 생겼다.

내 생각과는 달리 학생들이 착하고 순박해 보였다.

오늘 내 첫 짝꿍은 이정훈, 이민재로 시작되었다.

가슴 속 저 깊은 곳에 묻혀둔 소원을 이루게끔 나를 보내준 남편과 복학에 힘써주신 이 선생께 오늘 감사를 드린다.

도암초등학교 교감 선생님께서 많은 수고를 해주신 점에 대해서도 감사를 드린다.

46년 전의 나의 어머니의 소원….

이제 어머님께 나의 졸업장을 드릴 수 있게 해주신 이 선생께 다시 한 번 감사를….

그리고 가슴 시리도록 고마운 당신도 부디 몸 건강하기를….

🖉 2008. 6. 19. 목

하루 왕복 버스비가 2,600원이었다.

티끌 모아 태산이라는 말처럼 버스비만 합해도 일주일에 15,600원이 든다.

나는 이제 대한민국 법으로 하면 어엿한 초등학교 6학년 학생인데 겉모습이 할머니라 하여 다른 초등생들처럼 반값에 타지 말라는 대한민국 법이 정해져 있는지를 확인하고 싶어졌다. 아침 등굣길에 나는 명

함사진 한 장을 가지고 등교하였다. 학교에 도착하자 즉시 교무실로 갔다. 교감 선생님께 인사부터 드리고서 여쭤보았다.

교감 선생님 왈, "예. 말씀하십시오."

버스비에 관한 말씀을 드렸더니 "말씀을 듣고 보니 적은 액수가 아니네요."라고 말씀하신다. 교감 선생님 왈, "그런데 사진이 없네요." 교감 선생님 말씀이 끝나자 나는 "교감 선생님, 저 사진 가지고 왔어요."라고 말하고 재빨리 사진을 꺼내 교감 선생님께 드렸다.

나의 사진을 받으신 교감 선생님은 "오늘 만들어 드리겠습니다." 하셨고 나는 교실로 향했다. 생각보다 학생증이 빨리 나왔다.

오후에 김용택 담임선생님을 통해 학생증을 받아 든 나는 뛸 듯이 기뻐 교감 선생님께 고맙다는 생각까지 들었다.

내 나이 59살, 생애 처음으로 학생증을 받아본 순간 내 나이를 잠시 잊고는 담임선생님을 껴안고 기쁘다는 표현을 하고 싶은 마음이 굴뚝같았지만, 감정을 억제하느라 애를 먹었다.

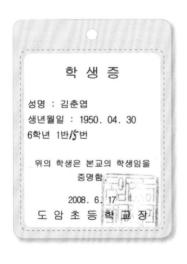

꼭 차비를 아껴서라기보다는 나도 남들에게 나도 학생이란 것을 자랑하고 싶었다.

종례를 마치고 설레는 마음으로 운동장을 걸어 나와 길에서 버스를 기다리고 있는데 비가 내리기 시작한다. 20분쯤 버스를 기다렸을까?

저쪽에서 오던 택시가 내 앞에 멈춰 선다.

창문 너머로 고개를 내민 택시 기사가 "타세요." 택시 기사는 분명히 그런 것 같다.

주변엔 나 외에 아무도 없는데. "저요? 버스 기다리고 있어요."

기사님이 다시 "그래도 타세요. 가는 길이니 기본요금만 내세요."

"기사님 저 그만한 돈도 없고요. 버스비밖에 없어요."라고 했더니 "그럼 버스비만 내세요."라고 한다.

나는 속으로 '기사님! 제 버스비는 오늘부터 반값인 650원인데요.'라고 말했다.

기사는 속도 모른 채 계속 타라고 재촉한다.

기사님 친절에 못 이겨 택시를 타기는 했으나 차마 650원을 드릴 수가 없었다.

택시 기사께서는 가다가 버스를 기다리는 아주머니 3분을 더 태우셨다.

강진에 도착한 나는 울며 겨자 먹기로 2천 원을 드렸다.

오늘은 내가 1,350원을 손해 본 기분이 들었다.

오늘 아침에도 이 선생과 함께 즐거운 마음으로 버스터미널에 갔다.

이 선생님은 나랑 함께 가기 위해 매일 아침 20분씩 일찍 집을 나선다.

오늘 아침에는 생애 처음으로 남에게 학생증을 보이는 날이다.

버스표를 사려고 학생증과 돈을 냈다.

매표소 아주머니는 학생증은 거들떠보지도 않으며 돈이 부족하단다.

나는 "아주머니, 저 초등학생인데요. 학생증 보세요."라고 했더니 그제야 학생증을 보며 짜증스럽다는 듯이 "무슨 아주머니가 초등생이래."라는 것이다.

"예, 아주머니 그건 제 사정이고요, 버스표만 주시면 돼요."라고 말하면서 보니 마지못해 버스표를 주시는 아주머니 얼굴에 화가 나 있다.

오늘은 학교에서 체육이 있었다.

손자 손녀뻘 되는 급우들이 천진난만하게 뛰어노는 모습들이 아름답다는 생각이 든다. 아름답고 때 묻지 않은 소박한 내 급우들이 고맙고 나를 가르쳐주는 사랑스러운 급우들에게 고맙다는 말을 하루에도 몇 번이나 되풀이한다.

종례를 마치고 학교 교문을 나선 나는 길가에서 버스를 기다렸다.

버스가 왔다.

기사에게 학생증을 보여주고 돈통에 돈을 넣으려고 하자 기사님께서 한쪽 손을 내밀어 자기를 달라고 하신다.

나는 기사님 손에 650원을 놓았다.

버스비를 받은 기사는 버스 안 승객들에게 다 들으라는 듯이 큰 소리로 투입구에 동전을 집어넣는다.

동전은 요란한 소리를 내면서 바닥에 떨어졌다.

기사가 짜증스럽다는 듯이 힐끔 쳐다보더니 "초등생이에요?"하고 묻는다.

"예, 저 초등생인데요."

🖉 2008. 6. 23. 월.

오늘 아침 역시 이 선생과 함께 버스터미널에 간다.

터미널에 가기 전에 문방구에 들러 노트 두 권을 사려는데 이 선생이 노트값을 지불하신다. 때로는 다정한 아빠처럼, 때로는 자상한 남편처럼 정이 많으신 분 같다는 생각이 든다.

한국은 우리가 태어나 성장하며 유년 시절을 보낸 고국이며 강진은 더더구나 내가 태어난 고향이지만, 지금은 우리 둘 외에 의지할 사람이 없는 냉정한 곳이었다.

아침마다 버스터미널에서 버스표를 살 때 학생증과 함께 천 원을 내면 매표소 아주머니 아무 말씀 없이 거스름돈 350원과 버스표를 내준다.

오늘 수업은 도덕인데 재미있었다.

그리고 다가올 6·25 기념일에 대해 글짓기나 그림을 그려도 된단다.

나는 그림을 그리기로 하였다.

담임선생님으로부터 보훈에 대한 약간의 말씀이 있었다.

매년 6월 6일 현충일이나 6월 25일이 됐을 때, 나는 한 번도 그 날들을 잊어본 적이 없었다.

아버지가 6·25 전쟁 때 나라를 위해 목숨을 바친 경찰이셨다는 말을 어머니로부터 들었기 때문이다.

나는 마음속으로 선생님 말씀이 맞는다고 생각하였다.

지금 우리들이 이렇게 살 수 있는 게 바로 공훈 보훈이 있었다는 말씀에 눈시울이 뜨거웠다. 겉으로 표현을 하고 싶었다.

자랑스러운 나의 아버지에 대한 이야기를 손자뻘 되는 아이들에게 해주고 싶은 마음이 간절하였지만, 그냥 그대로 마음속에 묻어 두기로 하였다.

점심시간이 되어 급식실로 갔다.

여학생들이 낄낄대고 웃고 있어 쳐다보니 내 옆 좌석에 놓인 쟁반 위에 매운 국수가 산더미처럼 수북이 쌓여 있는 걸 보고 웃고 있는 거다.

여학생들이 낄낄대면서 젓가락으로 자기들 반찬을 집어 그 애의 쟁반 위에 놓는다.

누구의 식판인지는 모르겠다.

아직 옆 좌석의 여학생은 보이지 않았다.

음식만 갖다 놓고서 잠시 자리를 비운 모양이다.

나는 여학생들에게 이 애한테 반찬을 주는 이유가 뭐냐고 물었다.

여학생들이 "이 애는 요즘 잘 먹지 못해서 말랐어요. 이 애는 지금 음식이 필요해요."라고 말했다.

속으로 나는 너희들 참 착하다고 생각했다.

한국식을 잘 모르기에 그들을 착하게만 생각했다.

그때 제자리로 돌아온 여학생은 박수빈이었다.

그 애는 자리에 돌아와 점심은 안 먹고 두 손으로 눈을 가리고 있었다. '박수빈, 울고 있지 않을까?' 나는 고개를 돌려 그 아이의 얼굴을 쳐다봤다. 정말로 눈물을 흘리고 있었다.

여학생들은 아직도 그런 박수빈을 보면서 낄낄대고 웃고들 있었다.

나는 박수빈쪽으로 식판을 뻗었다.

"박수빈아, 너무 많지! 내가 도와줄게, 같이 먹자."

나는 박수빈의 반찬을 내 식판에 가져왔다.

저녁 식사 시간에 학교 급식실에서 있었던 이야기를 이 선생에게 했더니 그게 바로 왕따라고 설명해주었다.

담임선생께 말씀을 드리라고 한다.

이 선생 말대로 박수빈은 정말 왕따를 당하고 있는 걸까?

아침 일찍 집 전화소리가 울린다.

아침 일찍 오는 전화는 미국 집에 홀로 있는 남편으로부터 온 전화다.

통화하다가 목이 멘다.

잠시 말을 멈추자 그런 내 마음을 알아차린 남편은 당신이 울면 자기도 운단다.

이 선생은 어떻게 해서든지 나를 웃게 하려고 한다.

오늘은 시험 날이다.

복학한 지 3주 만에 첫 시험을 보느라 아직도 뭐가 뭔지 잘 모르겠다.

아직은 급우들을 따라갈 자신이 없다.

말이 3주지 병원에 다니느라 3일이나 결석을 했다.

이 세상에서 가장 사랑하는 가족들 곁을 떠나 멀리 와 있는 동안 마음고생이 너무 많았나 보다. 세 번이나 병원에 갔었으니 말이다.

오늘 시험지를 받고 보니 하나는 전혀 공부하지 않았던 문제가 출제되었다.

하지만 '첫술에 배부르랴.'는 속담도 있듯이 하는 데까지 노력을 해야 하지 않겠는가.

아침에 송승민에게 새로 산 실내화를 줬더니 승민이가 좋아서 얼굴에 함박웃음 꽃이 피었다. 애들이 가위바위보를 한다.

"춘! 인기가 좋아요."

"왜?"

"애들이 춘 옆에 앉으려고 '가위바위보'를 하는 거예요."

나는 애들에게 내일 보자면서 학교 교문을 나선다.

찌는 여름 날씨인데 지금 이 순간만큼은 더운지도 모르겠다.

갑자기 아픔이 미어져 온다.

'내가 사랑하는 아들들아.

지금 이곳 날씨는 아마 화씨 80 몇 도쯤 되나 보다.

방금 전 학교 교문을 나와 버스를 타려고 걸어서 버스정류장으로 가는 중이야.

이렇게 무더운 날씨지만 지금 이 순간만은 이 엄마는 전혀 느끼지를 못하는구나.

너희들이 보고 싶어서 지금 목이 메고 있어.

피를 토할 정도로 가슴 저 밑으로부터 솟아오른 뜨거움이, 목을 타고 터져 나오는 그런 아픔이.

사랑하는 아들들아!

지금 이 순간 엄마는 쉴 새 없는 눈물이 볼을 타고 흘러내리고 있구나.

이 세상에서 그 무엇보다도 더 소중한 내 아들들. 내가 가장 사랑하는 아들들이지.

　　그렇게도 하고 싶어 하던 공부 때문에 너희들을 남겨둔 채 이렇게 떠나와 버린 엄마가 원망스러울 때가 있겠지?

　　엄마는 너희들이 보고 싶을 때는 어린아이처럼 이렇게 남모르게 혼자서 울고 있단다.

　　사랑하는 내 아들들아!

　　우리 서로 보고 싶지만 겨울방학 때 만나기로 하자.'

핸드폰이 울린다. 번호를 보니 이 선생이다.

받아보니 어디쯤이냐고 물으신다.

"도암 버스정류장인데요."

강진 버스터미널에서 기다리겠단다.

아마 오늘 일찍 퇴근하셨나 보다.

이 선생은 키는 작아도 내게 도움을 많이 주신다.

강진에 도착하여 부부처럼 함께 집에 왔다.

오늘의 내 슬픔을 알기라도 했을까?

이때껏 일찍 퇴근해본 적이 없는 분인데 나를 위로라도 해주려고 서로 마음이 통한 걸까?

오늘 수업은 재미있었다. 어제 하지 않았던 사회 과목을 오늘 배웠다.

반 급우들이 알 수 없는 '새마을운동'과 '포스코'(구 포항제철), 서독으로 갔던 광부들, 독일로 갔던 간호사(그때는 간호사라 부름)와 같은 내용이었다.

반 급우들 눈이 둥그레진다. 그런 급우들 반응을 보고 그네들 말로 '아~싸' 기분이 좋았다.

선생님께서 통일에 관한 글을 모둠별로 쓰라고 하신다. 처음으로 우리 모둠 대표로 내가 글을 썼다. 쓴 글을 일어서서 직접 발표를 해야 한다.

"아직은 통일이 될 수 없다고 생각합니다. 만약, 통일이 된다면 적은 나라에서 누가 머리가 되고 누가 꼬리 되기를 좋아하겠습니까? 아직은 통일이 아닙니다." 어린 급우들은 내 말을 잘 이해할 수가 없었다.

담임선생님께서 급우들에게 설명하셨고 우리 모둠은 그날 내 덕에 스티커 여러 개를 받았다. 급식실에 갈 시간이다.

우리 반은 급식실에 가기 전에 본인 의자를 책상 위에 매일 올려놓는다.

점심 식사가 끝나고서 교실에 와서 청소를 해야 되기 때문이다.

의자를 올려놓은 후 복도에 나와서 두 줄로 줄을 서야 한다.

한 줄은 남학생, 또 한 줄은 여학생.

그중에 한 학생이라도 늦게 나오면 늦게 나오는 줄이 뒷줄에 서야 하기에 급식실 갈 때만큼은 양보가 없는데 나 때문에 얼마 동안은 여학생들이 남학생들 뒷줄에 서야 했었다.

그 뜻을 알고부터 나 때문에 여학생들에게 피해를 줘서는 안 될 것 같았다.

되도록이면 의자를 책상 위에 빨리 올리고 복도에 나가니 고은지 혼자였다.

뒤에 서 있는 나를 본 정훈이가 "춘, 적응했어."라고 했다.

처음 며칠 동안은 "춘, 천천히 나오세요."라는 남학생들 말을 믿고 천천히 나오다가 은지한테 야단을 맞은 일이 기억난다.

은지 "춘 때문에 남학생들이 먼저 가잖아요."

이제 이틀 후면 방학이다. 앞으로 2일만 보면 급우들과 헤어져야 한다.

계산초등학교 교장님과 약속을 했는데 반 급우들과 헤어진다고 생각하니 그동안 짧은 시간이있는데도 정이 들었나 보다.

그동안 함께 웃고 아무것도 모르는 할머니인 나를 보듬에 넣어주고 재미있었는데 아기 같으면, 이제 막 걸음마를 떼고 벽에 기대고 일어설 때에 새로 발령 나신 학교에 나를 데리고 가시겠다는 이유가 뭘까?

아직 시간이 있으니 생각해보기로 하자.

이 선생에게 전화를 걸었다.

오늘은 일찍 퇴근하신다던데 궁금했다.

전화를 받은 이 선생께서는 이미 집에 와 계신다고 하셨다.

버스를 기다리고 있다고 했더니 강진터미널에서 만나자고 한다.

내가 탄 버스가 강진터미널에 도착하자 이 선생이 먼저 와서 기다리고 계셨다.

내 책가방을 받아 이 선생이 짊어진다.

날씨가 덥다면서 아이스크림도 사주신다. 걸어가면서 이런 생각을 했다.

우리가 사는 데 있어 희망은 매우 중요하다.

$\mathscr{Q}$ 2008. 7. 28. 월.

아침에 남편한테서 전화가 왔다. 목소리를 들어보니 감기에 걸렸나 보다.

나를 몹시 보고 싶어 한다.

사랑하고 보고 싶고 사랑하기 때문에 내 꿈이 이루어질 때까지 기다리겠단다.

그 말을 듣자 가슴이 찡해져 온다.

그 많은 세월을 함께 해온 부부가 아닌가!

미국 공항을 떠날 때 나는 남편 눈에 이슬처럼 맺힌 눈물을 보았다.

출국하려고 일렬로 서 있는 사람들 틈에서 나는 손에 노트북과 캐리어 가방 핸드백을 들고 있었고 공항의 규칙에 신발 벗으랴, 노트북 검사받으랴, 캐리어 가방 검사받으랴, 핸드백 검사받으랴 정신이 없었다.

가지고 있는 모든 짐은 공항 규칙에 따라 검사를 받아야 출국을 할 수가 있다.

그 바쁜 와중에도 나는 남편이 서 있는 곳으로 고개를 돌려 그이를 보았을 때 그는 넋이 나간 사람처럼 아무 말 없이 나를 향해 손을 흔들고 있었고, 그런 남편의 모습을 본 나는 가슴 저 밑 뭉클한 뜨거운 뭔가를 토할 것처럼 가슴이 아팠다.

칼로 도려내는 듯한 아픔에 나는 그렇게 그 자리에 서 있었다.

그때 내 등 뒤에서 "Excuse me."라는 소리에 나는 "I'm sorry."라는 말과 함께 내 짐들을 검사대에 올려놨다.

그곳에서 일하는 직원이 내 캐리어 가방을 열고 검사를 하느라 잘 정돈되어 있던 캐리어 가방 속이 엉망이 되어 버렸다.

나는 가방 속을 대충 챙기고 남편이 있던 곳을 쳐다봤다.

하지만 그는 보이지 않았다. 남편이 서 있던 곳을 이제는 더 이상 볼 수가 없었다.

더 이상 남편을 볼 수 없다는 생각에 내 머릿속에서는 '가면 안 돼, 가지 말자, 안 된다고. 뭐가 아쉬워 내 나이에 공부를 하겠다고 온 가족과 생이별을 해야 하나.'라고 말하고 있었다. 캐리어 가방 정리를 마친 후 119번 게이트 쪽으로 갔다.

자꾸만 눈물이 흘러내린다.

눈물 때문에 앞이 잘 보이지 않았다.

양쪽 팔에 들고 있던 짐 때문에 눈물을 닦을 수 없었다.

나는 잠시 자리에 멈춰서 흘러내리는 눈물을 닦았다.

국내선을 타고 시카고공항에 도착하니 핸드폰이 울린다.

남편한테서 온 전화였다. 서로 목이 메어 인사말 외엔 말을 이을 수가 없었다.

새벽 1시에 탈 아시아나 비행기를 기다리는 동안 2시간 후 다시 남편한테서 전화가 왔다. 이제 그의 목소리는 어느 정도 진정되어 있었다.

공부하면서 건강하고 몸을 잘 돌보라고 한다.

벌써 내게는 귀에 익은 말이지만 어쩌랴, 나를 사랑하는 그의 마음인 것을.

2008년 5월 16일 시카고공항을 떠나왔다.

✏ 2 0 0 8 . 8 . 2 . 토 .

그대!

잘 있는지 궁금하여 이렇게 이른 새벽에 자리에서 일어나 글을 쓴다오.

우리 함께 했던 시간들은 시간이 지나면 지날수록 내 머릿속에서 그대 모습 빙빙 맴돌고 있다오.

작지도 않은 큰 침대, 밤마다 홀로 자리에 누울 때 외로움에 울지나 않으신지.

차라리 나를 원망이나 해보구려.

시시때때로 머릿속에 떠오르는 당신이 그리울 때면 나 차라리 새가 되어 훨훨 날아가 나 이제 왔노라.

그대를 기쁘게 해주고 싶지만 그건 그저 나의 환상일 뿐이라오.

만약 다른 세계에 내게 기회가 주어진다면 나는 새가 되고 싶다오.

그대에게 약속한 공부 마치면 졸업장을 그대 품에 안겨주고 싶다오.

당신을 사랑하는 아내로부터.

✎ 2008. 9. 2. 화.

아무 꿈도 없이 매일 잠을 자고, 밥을 먹고, 시간만 보내는 것은 편할지 몰라도 그렇게 사는 것은 사람으로서 삶이 아니라 생각합니다.

사람으로 태어났으면 사람답게 살다 가야지요.

지금은 다른 이들의 시선과 칭찬을 받지 못하지만 내 삶을 용감하고 값지게 살아가렵니다.

남들처럼 행복한 유년 시절을 보내고 싶었지만, 그러나 그건 제게 불가능한 일이었습니다.

그런 삶은 애초에 내 몫이 아니었습니다.

다른 길을 찾아 그 길을 가기 위해 나는 내 모든 것을 뒤로하고 떠나왔습니다.

그건 쉬운 일이 아니란 것을 알면서도 이렇게 떠나온 나는 가슴이 아픕니다.

어젯밤 이 선생님은 기분이 좋지 않았나 봅니다. 닭이 꿩이 될 수가 없을 텐데.

미국 선생님들과 함께 영어를 가르치는 이 선생님이 마음이 때로는 편치 않을 거란 걸 이미 오래전부터 짐작하고 있었다.

우리가 아무리 영어를 잘한다 해도 이미 능수능란하게 한국말을 잘하다가 뒤늦게 영어를 배우게 된 우리가 미국사람처럼 발음이 잘되지 않는 게 사실이다.

아마 오늘 학교에서 무슨 일이 있었나 보다.

✏ 2008. 10. 3. 금.

자리에 누워 남편 생각을 해 본다. 혼자서 어떻게 지내고 있는지.

자식들 아버지이고 무슨 말이든 믿고 할 수 있는 절친한 친구같이 허

물없는 남편.

집 전화벨이 울린다. 받아보니 남편이다.

송금을 했단다. 그 말을 들으니 미안한 마음에 그저 고맙고 미안하다는 말 외엔 더 이상 다른 말을 할 수가 없었다.

남편은 "당신 돈인데 왜 고맙다고 하느냐."라고 한다.

한 가지 부탁이 있다며 이 선생님에게 술 마시고 운전하지 말라고 당부를 한다.

아침을 먹고서 광주로 갔다.

차 비용을 완전히 지불하고 이 선생님이 직접 운전해서 집으로 돌아왔다.

이 선생님이 자동차 살 돈이 없는 것은, 아마 이 선생님 월급이 이백만 원 정도이기 때문일 것이다. 그러나 그는 앞날에 대한 걱정이 없는 사람이었다.

내 집에서 작은방 하나 차지한 채로 내게 매일 공부를 가르치는 것도 아니고, 저금한다거나 아끼는 것도 아니었다.

남편 같으면 싸워서라도 어떻게 절약을 해본다지만 남편도 아니요, 더구나 둘이서 동거를 하는 사이도 아닌지라 잠견할 수가 없었다.

그는 여름에 조금만 더워도 참지 못하는 성격이다.

에어컨도 24시간 틀고서는 자기가 전기세를 내겠단다. 나는 더 좋았다.

이 선생님이 음식을 사면 많이도 사온다. 내 남편도 아니겠다, 그가 하는 대로 두고 보았다. 잔소리를 하지 않으면 이 선생님은 마음이 편한가 보다. 그래서 월급을 모으지 못했다.

　나는 이 선생님에게 잔소리를 할 권리도 없을뿐더러 또 그렇게 하고 싶지도 않았다.

　내가 하고자 하는 공부를 마칠 때까지 내게 도움만 주면 그걸로 고맙게 생각하고 싶었다.

　이 선생님이 운전하는 자동차 안에 앉아서 고속도로를 달리니 기분이 참 좋았다.

　고속도로를 달리는 차 안에서 유리창 너머로 창밖을 보니 황금빛 누런 들녘도 지나고 높은 산과 한옥을 지나다 보니 한옥이 아름답게 느껴졌다.

　기분이 좋아 충격으로 꽁꽁 얼어붙었던 마음이 좀 녹아 광주에서 오는 동안 내내 종알댔다.

　🖉 2008. 10. 20. 월.

요즘에 이곳이 가뭄이 들었나 보다. 비가 올 생각이 전혀 없는지 아직 초가을이라서 그런지 여름 날씨처럼 덥기만 하다.

　아침에도 남편한테서 전화가 왔다. 시간과 날짜를 꼭 지키는 사람이다.

　아침에 교무선생님 말씀이 11월 11일 날 도암초등학교에 손님께서 오신단다.

　공부를 잘하는 학교로 소문이 나서 손님께서 오시니 급식실에서도 학생들이 조용히 하란다. 인사도 잘하라고 말씀하신다.

　'도대체 어떤 손님께서 오시기에 그럴까?'

　이번 주에는 이 선생님께서 출근을 하지 않는단다. 기분이 좋으신 모양이다.

　나는 매일 아침 반 급우들이 마실 생수를 책가방에 담아 학교에 가져간다. 남학생들은 점심을 먹은 후 운동장에서 축구를 하다가 교실에 들어오면 아직도 얼음이 남아있는 물을 잘 마신다.

　오늘은 미술책을 잊고 가져가지 않았다.

책을 가져오지 않은 날은 그 과목 시간에 뒤에 서 있어야 한다.

나는 자리에서 일어서기 전 내 모둠인 송승민 과 강준혁에게 말했다.

미술책을 가져오지 않아 나는 자리에서 일어서려는데 승민이 나에게 책을 건네준다.

그리고 자리에서 일어나 뒤로 간다.

나는 양심의 가책으로 잠깐 얼굴이 뜨거워졌다.

미술 과목이 끝나고 승민에게 고맙다는 인사를 했다.

"춘, 인생은 60부터래요. 동창회에 꼭 와야 해요. 지금 건강하시잖아요."

오늘은 승민의 그 따뜻한 말 한마디로 꽁꽁 얼어붙은 눈사람도 녹일 수 있을 것 같다.

'착한 승민아! 그래, 고마워. 이만 안녕.'

🖉 맑음 2008. 10. 24. 금.

나는 반드시 약속을 지키는 사람이다. 그러기에 미국에서 내 신용은 만점이다.

나는 사람은 계획을 세웠으면 실천으로 옮겨야 하고 약속은 꼭 지켜야 한다고 믿고 있다.

현재 이 자리에 오기까지 많은 세월이 흘렀다.

오늘은 강진경찰서에서 여경이 학교에 왔다.

어린아이들 유괴에 관한 얘기와 학교에서 존재하는 왕따에 대한 설명을 하였다.

오늘 아침에 5학년들이 싸움을 했다. 반 급우들이 우르르 쏜살같이 5학년 교실로 몰려가면서 내게 부탁을 한다.

"교실에 그냥 계세요. 가서 말리시면 안 돼요." 벽시계를 보니 담임선생님들께서 오실 시간이다.

다행히 담임선생님께서 교실에 오셨다.

요즘 아이들은 알다가도 모르겠다. 방금 전까지도 함께 놀다가 뒤돌아서자마자 선생님께 일러바친다.

오후에 5학년들과 6학년들을 학교 통학버스를 태우고 기사 아저씨가 신나게 달린다.

한참을 가다 옆 좌석에 앉은 현종식이 누나에게 물었다.

"우리 지금 어디 가는데?"

"우리들은 방생하러 가는 거예요."

"그럼 거기가 어딘데?"

"망호에요."

갑자기 가슴이 뛰기 시작한다.

망호란 말에 창문을 바라보니 그 너머로 보이는 길이 조금은 낯익은 듯하다.

마을을 지날 때마다 보이는 집이 옛날 초가집 같지는 않았지만 어쩐지 낯설지 않았다.

마침 그때 지나치는 마을을 보고서 나는 종식이 누나에게 말했다.

"아니 저 마을이 용산리이지?"

"예. 그런데 그 마을을 어떻게 아세요?" 신기리란 마을을 지나고 저 멀리 창문 너머로 바다가 보인다.

뭐 하나 놓치지 않으려고 집중한 탓에 이제 나는 아무 소리도 들리지 않는다.

바다가 가까워질수록 나는 어느 한 장면도 놓치고 싶지 않았다.

종식이 누나가 바로 내 옆 좌석에 앉아있다는 것조차 잊어버렸다.

나는 지금 옛날 어린 시절로 돌아가고 있었다. 버스가 바다 앞에 도착하고 있었다.

어린 시절 오빠와 둘이서 언제 오실지 모르는 어머니가 나룻배를 타고 오기를 기다리던 바로 이 바다 앞에, 어머님과 오빠는 이미 저세상으로 가고 나는 수십 년 만에 다시 초등생이 되어 이곳에 서 있다. 버스가 멈추었다.

마음 같아서는 버스 안에서 후다닥 뛰어내리고 싶었지만, 나이가 제일 많은 어른으로 예절을 지키기 위해 자리에 그대로 앉아있었다.

맨 뒷줄에선 나는 버스에서 내리면서 마음속으로 오빠를 외쳤다.

'나는 지금 여기 이렇게 왔는데 오빠는 왜 그렇게 가야만 했어?'

5학년들과 6학년들 신이 났다. 군청 해양수산 팀에서 우리들을 기다리고 있었다.

학생들은 왁자지껄 떠들어댄다.

나는 나만의 어린 시절로 돌아가고 싶었다.

갑자기 콧잔등이 시큰해지면서 눈물이 흘러내렸고 되도록 학생들과 눈이 마주치지 않으려고 해양수산 팀 트럭 반대편으로 숨어버렸다.

외가댁 마을이 보일까 말까 하는 곳을 바라보고 있는데 군청 직원 한 분이 이쪽으로 오더니 내게 인사를 한다.

나도 역시 인사를 했다.

"선생님, 어디 불편하신가요?"

"아니요. 바람 때문에 눈에 먼지가 들어갔나 봐요."

바다 건너 지금은 '저두'(구 돈 머리)를 바라보았다. 바다 건너 길에는 차들이 지나간다.

바다 한가운데에 있는 섬(가위도)을 보았다.

나 혼자 같으면 모래도 만져보고 오빠와 걸었던 바닷가의 모래 위를 걸어보고 싶었지만, 나는 학생으로서 학교 규칙을 따라야 한다.

학생들은 방생(물고기를 바다로 놓아주는 일)에 신이 났다.

나도 좋은 일을 해보고 싶었다.

빈 수대를 내게 건네주신다. 수대에 든 물고기를 가지고 파도가 출렁이는 물가로 갔다. 물고기를 놔주기 전에 물고기들에게 속삭였다.

'넓은 곳에 가서 행복하게 잘 살아라. 나처럼 외롭게 자라지 말고. 그리고 또 올 게. 아니, 이번 주말에 꼭 올게.'

방생도 했고 이제 돌아갈 시간이란다.

학교로 되돌아가던 중 꿈에서라도 나타날까 봐 두려운, 내가 태어난 용산리 마을이 보였다.

내가 이 망호 바다를 마지막 왔던 것이 아마도 1961년.

이 망호 바다에서 오빠랑 얼마나 많이 울었던가!

바다 건너 저편에서 돛을 올리며 다가오는 나룻배를 볼 때는 배고픔도 잊은 채 신이 나서 이리 뛰고 저리 뛰던 그 시절, 돛단배가 이쪽을 향해 다가오고 있을 때 나는 오빠에게 물었다.

"오빠야! 엄니가 오고 있을까?"

나룻배는 도착했다.

배에서 내리는 낯선 사람들 틈에 엄니는 보이지 않았다.

사공 아저씨는 "오늘도 너네 엄니는 오지 않으신가 보다."

군청 직원들이 학생들에게 음료수와 초코파이를 나눠주었다.

내가 내 것을 준혁에게 건네주자 급우들 몇 명이 질투를 낸다.

어제는 숙제지를 잊어버린 줄 알았는데 준혁이가 "제가 복사해드릴게요." 했다.

숙제지는 책 속에 끼워져있었다.

오늘 아침에는 날씨가 조금 쌀쌀한 것 같다.

막 학교 교문에 들어서려는데 내 핸드폰이 울린다. 미국에 있는 남편이다.

금요일 날 망호 바닷가에 다녀왔다니까 남편 역시 좋아라 한다.

남편은 한 번도 가본 적이 없는 망호 바닷가지만 내가 여러 번 얘기해서 알고 있었다.

첫 수업이 시작하기 전 쓰레기를 주우러 운동장으로 나갔다.

서준호가 "저어, 춘 집에 놀러 가고 싶어요"하고 말했다.

나는 서준호와 강준혁이를 집에 초대하고 싶었다.

준호는 할머니와 아빠랑 누나, 그렇게 네 식구가 함께 살고 있단다.

엄마는 준호가 두 살 때 집을 나갔고 엄마에 대한 기억은 전혀 없단다.

할머니는 치매기가 약간 있으며 아빠는 술을 무척이나 좋아하신단다.

정부에서 나오는 보조금으로 생활을 하고 있다는 준호는 착한 학생이다.

주말에 초대하여 통닭 튀김이나 삼계탕을 만들어주고 싶었다.

급식실에서 돌아온 나는 준호와 준혁에게 왕복 버스표를 주면서 주말에 오라고 초대를 하려고 책가방 속에 있는 지갑을 열어보았다.

항상 버스표 하나는 학생증과 함께 내 목에 걸고 다니고 나머지는 지갑 속에 넣어둔다.

매일 아침 버스터미널에서 학생 표를 사는 것도 번거로워 한 번에 만 원어치를 사 가지고 다녔다.

그런데 지갑 속을 다 뒤져도 버스표가 없다.

누군가 오늘 훔쳐간 것이다. 버스표 10장 가격은 겨우 6,500원밖에 되지 않는다.

나는 누구 소행인지 짐작이 갔지만, 어른인 내가 좀 더 조심해야겠다고 생각했다.

밤에는 빌라 반상회가 있었다. 얼굴만 살짝 내밀고 돌아와서 수학숙제를 했다.

🖉 효림. 2008. 11. 26. 수.

창문을 열고 밖을 보니 안개가 자욱이 쌓여있다.

학교 복도에 막 들어서려는데 역시 충성심 강한 남편한테서 전화가 왔다.

이제 이틀 뒤면 미국은 추수감사절이란다. 추수감사절엔 큰아들 집에서 칠면조를 구워먹기로 했단다.

항상 우리 집에 모여 내가 만든 음식을 먹었는데 처음으로 올해는 큰아들 집으로 모이나 보다. 추수감사절 날 이른 아침에 J, C, Pe란 백화

점에 가면 해마다 내가 좋아하는 아주 작은 선물(연도가 적힌 눈사람)을 공짜로 받을 수가 있다. 새벽 4시쯤에 도착해야만 이 선물이 떨어지기 전에 받을 수 있다.

2005년부터 내가 모으던 건데 올해부터는 남편이 받아오겠다고 한다.

천 원짜리 밖에 안 되지만 매년 하나씩 모아두고 싶었다. 작년 이맘 때쯤에도 내가 한국에 와 있을 때 남편이 새벽 일찍 일어나 2007년도 눈사람을 받아다 놨다.

내가 공부를 시작하기 전에, 앙증맞은 조그만 물건 하나에도, 어여쁜 꽃들이 피고 지는 집 뜰에도, 조그만 개들에게도 나는 자식처럼 사랑을 주고 정성을 들였다.

남들이 보기에도 모범적인 부인, 모범 엄마, 모범 직장인이었다.

잘한 건지 아닌지 나는 인생의 반을 그렇게 가족만을 위해 살아왔다. 결혼 전에는 어머님과 오빠만을 위해 살았다고 할까!

오빠께서 돌아가시고 어머님이 돌아가시고 자식들 결혼하여 자기들 보금자리로 떠나버린 뒤에는 바쁘고 힘들 때가 그립기도 했다.

어젯밤에도 이 선생님께서는 딱지 100개를 사다 주셨다. 이틀 치를 합하니 150개는 되었다. 어제 남학생들에게 20개를 잃고 30개는 나누어줬다.

남학생들은 사탕보다 딱지를 더 좋아한다. 달라고 야단들이다.

"춘, 저랑 딱지 치실래요?" 우리는 4명이어서 교실 바닥에 앉아 딱지를 치고 있었다.

급우들 한 명 두 명씩 교실 안으로 모여든다.

급우들 "춘, 저하고 딱지 쳐요? 네?" 서로 졸라댄다.

급우들이 딱지를 잃고 나면 거침없이 욕설하지만 내가 지면 기분 좋게 내주기 때문에 급우들은 나하고 딱지치기를 좋아한다.

오늘 아침에도 이정훈하고 강준혁이가 싸움을 했지만 착한 애들이라 말리기가 쉬웠다.

서로들 나와 딱지치기를 하려고 싸움을 했다고 한다.

교실 바닥에 앉아 신나게 딱지치기를 하고 있는데 담임선생님께서 오셨다.

오늘 급식 메뉴는 내가 좋아하는 칼국수가 나왔다.

급식실에서 돌아와 보니 남학생들이 가위바위보를 했단다. 이긴 쪽이 나와 딱지를 치기로 했단다.

여기서부터 급우들에게 모범을 보일 기회라는 걸 알았다. 그럼 우리는 교실 청소부터 하자.

와우! 남학생들이 후다닥 청소를 끝냈다.

딱지치기를 얼마나 했던지 팔이 아프기 시작한다.

아침 일찍 남편한테서 8천 불을 송금했다고 전화가 왔다.

7,500불을 요청했는데 왜 8천 불을 보냈을까?

여하튼 부족한 것보다 낫겠지 싶었다. 새벽 4시에 J.C.Pe에 가서 내가 수집하는 인형도 얻어왔단다. 정말 착한 남편이라 나무랄 데가 없다.

서준호는 5학년 남학생 한 명과 함께 왔다. 그 남학생도 우리 집에 오고 싶어 해서 데려왔단다. 나는 그들이 컴퓨터를 하도록 전원을 켰다.

나는 점심으로 닭 두 마리를 튀기고 과일을 깎아 애들에게 냈으며 콜라도 줬다.

애들이 어찌나 잘 먹던지 기분이 좋았다.

준호에게만 잘한다고 할까 봐 다른 남학생에게도 딱지 여러 장과 과자를 줬다.

그 남학생은 학원에 갈 시간이 되어서 떠나고 이제 준호와 나, 이렇게 둘뿐이었다.

준호는 엄마의 정이 뭔지 모르고 자랐다. 그래서 나는 오늘 하루만이라도 준호엄마가 되기로 하였다. 날씨가 흐리고 쌀쌀하였다. 오늘은 이곳에 오일장이 열리는 날이다.

"준호야!"하고 다정하게 부르니 "네."하고 대답하는 준호에게 "우리 장에 갈래?"하고 묻자, 준호는 "네. 저 장날을 좋아하는데요."라고 했다.

"그럼 갈 준비할까?"

준호는 "네."하고 신이 나서 대답한다.

우리는 빌라를 나와 읍에 있는 장터로 가는데 날씨가 꽤나 쌀쌀하다.

장에 도착하니 사람들이 많아 시장이 붐빈다.

"준호아, 너 오뎅 좋아하지. 먹고 싶은 만큼 먹어도 돼."

준호가 "진짜요?" 반문을 하더니 진짜로 잘 먹는다.

이제 우리는 팔짱을 끼고 진짜 엄마와 늦둥이 아들처럼 시장을 돌아다녔다.

붕어빵도 먹고 아이스크림도 먹고…. 어떤 분들은 진짜 늦둥이 아들인 줄 안다.

둘이서 팔짱을 끼고 걸어가는데 갑자기 준호가 어떤 할머니에게 인사를 한다.

친척 되시는 분이라고 한다. 그분이 준호에게 나를 가리키면서 묻는다.

우리가 동시에 "친구요." 그렇게 말씀드리자 준호 친척 되시는 할머니 말씀이 "살다가 별소리를 다 들어보네." 하시며 기가 막히는지 그냥 가버리신다.

노인네와 어린 남자애가 어떻게 친구 사이가 될 수 있겠냐는 한국식 사고방식!

준호에게 스카프를 사서 목에 걸어주면서 물었다.

"이것 마음에 드니?" 준호가 좋아한다.

"장갑도 사주시면 안 될까요?" 묻는 준호에게 나는 "그럼 장갑은 네 맘에 드는 걸로 골라봐."라고 했다.

열심히 이것저것 살핀다. "준호야, 모자는?" 모자, 스카프, 장갑을 사고 나니 이제 겨울 준비가 된 것처럼 보인다.

가게를 나오는데 이제는 준호가 내 팔짱을 낀다.

우리는 제과점 안으로 들어갔다.

식빵과 단팥빵 기타 여러 가지 빵을 골고루 조금씩 샀다.

이제 버스터미널로 가면서 "준호야."하고 부르자 "네."하고 대답하는 준호에게 "오늘 기분 어때?"라고 물었다. "너무 좋았어요."라고 대답하는 준호에게 나는 혼잣말을 했다.

'저번에 내게 엄마에 대한 기억이 없다고 말했지.

오늘 우리가 함께 한 모든 일들이 엄마가 아들에게 주는 그런 사랑이거든.

준호 어머니께서도 지금 어딘가에서 괴로워하고 계실 거야. 준호야, 지금 그 모습 그대로 바르게 자라다오.'

준호는 내게 고맙다고 절을 한다. 버스에 올라탄 준호에게 내가 손을 흔들었다.

✎ 맑음. 2008. 12. 3. 수.

학교에 가려고 강진터미널에 갔다. 버스표를 사려고 매표소 앞에 줄을 섰다.

그때 나이 많은 할머니 한 분께서 매표소에서 일하는 아주머니께 서울 가는 버스표 가격을 여쭈어보신다.

매표소에서 일하시는 아주머니는 인상을 찌푸리고 귀찮다는 듯이 냉랭하게 29,600원이라고 대답한다.

할머니는 다시 "급행이요?"라고 물었고 매표소 아주머니는 도살장에 끌려가는 소처럼 모든 게 귀찮다는 표정이다.

내 생각에 할머니께서 글을 못 읽으시는 것 같아 설명을 해드렸다.

"할머니, 말씀대로 급행은 7시 30분에 서울에 가고요. 급행을 요즘은 우등이라고 부른답니다. 9시 30분에 떠나는 버스는 일반인데 만원이 더 싸답니다."

할머니는 내게 고맙다는 말씀을 하신다.

또 다른 할머니가 지팡이를 짚고 걸으시면서 터미널 직원 아저씨에게 성전에 가는 버스에 대해 묻는다. 아저씨 말씀이 성전에 가는 버스는 없어졌단다. 할머니께서는 차비가 부족하다면서 걱정을 하신다.

할머니가 가엾어 보였다. 하얀 남자 고무신을 신은 할머니를 돕고 싶었다.

나는 자리에서 일어나 할머니 곁으로 갔다.

"할머니, 버스비가 필요하세요?" 할머니께서는 100원이 부족하시단다.

나는 호주머니에서 100원짜리 동전을 꺼내 할머니께 드렸다.

고맙다고 인사를 하시더니 매표소에서 버스표를 사셨다.

할머니는 다른 직원에게 성전에 가는 버스는 어느 쪽에서 타야 하는지 물었다.

대답하기 귀찮은 듯이 저쪽으로 가라며 소리를 꽥 지른다.

할머니는 아저씨가 소리를 질러 무서웠을까?

할머니 거동이 굉장히 불안해보인다.

나는 자리에서 일어나 할머니 곁으로 다가가,

"할머니, 날씨가 추운데 안에 들어가 앉아 계세요.

버스가 오면 여기서 일하는 아저씨들이 알려드릴 거예요."라고 말했다.

내가 탈 버스가 도착해 버스를 탔고 어느덧 학교 앞에 도착했다.

오늘은 학교에서 청소하시는 아주머니께서 잠시 내 옛날 소싯적 얘기를 들으시고는 이제야 내가 누군지 확실히 아셨다고 한다.

우리 어머니께서 계낭이 아저씨께 이자를 놔달라고 많은 돈을 맡겼다가 한 푼도 못 받은 젊은 과부에게 어린 남매가 있었는데, 그 해에 그 아주머니가 시집을 왔다고 하신다.

그리고 우리 막내 고모가 우리에게 어떻게 했는지 마을에서 다들 알고 있다는 말씀도 하신다.

반 급우들이 우리 집에 오겠단다. 오늘은 거절했다. 준호와 이미 약속이 되어 있기 때문이다. 준호와 운동장을 나서는데 1학년 요 꼬마들 보라지.

우르르 나를 향해 달려온다. "안녕하세요? 사탕 주실 수 있어요?"하고 묻는다.

그런 후배들을 위해 책가방 속에서 사탕을 꺼낸다.

고사리손을 뻗어 서로 먼저 받겠다는 후배들에게 사탕을 한 개씩 나눠주자 "고맙습니다." 인사를 하고는 뛰어간다.

준호와 둘이서 집에 와 미국식 토스트를 만들었다.

언젠가 준호가 혼자서도 만들 수 있도록 가르쳐줬다.

제과점에 데리고 가서 빵과 도넛과 아이스크림도 샀다.

버스비와 함께 가지고 가라고 건넸다. "잘 가. 내일 보자, 준호야."

그때 준호 눈에서 눈물이 글썽이는 것을 보았다. 하지만 나는 모르는 척해야 한다.

일부러 더 큰 소리로 "준호야, 잘 가." 외쳤다.

준호를 보내고 얼마쯤 지났을까?

내 핸드폰이 울린다. 준호 아빠다.

몇 번이고 고맙다는 말을 하시며, 준호가 1살 반일 때 준호 엄마가 집을 나가서 할머니와 아빠가 우유병을 물려 키운 아이에게 엄마의 사랑을 느끼게 해주어서 고맙다고 한다.

내일은 준호에게 마늘을 보내시겠다는 말씀에 나는 사양을 했다. 오늘도 착한 일을 했구나. 그래, 춘엽아! 착하게 살자. 좋았어!

아침에는 하늘에서 온 천지에 하얀 솜털을 뿌리고 있다. 바람이 시샘을 내어 눈송이를 이리저리 날려 보낸다.

학교에 가는 도중 버스 안에서 어제 담임께서 보여주신 '왕따' 비디오 장면이 머릿속에서 맴돌고 떠나지 않았다.

번호를 뽑아서 모둠을 만드는 장면이었다.

헌데 힘이 센 아이들은 다른 애가 왔는데도 자리를 비켜주지 않았다.

나는 '우리 담임이 모둠을 자주 바꾸는 이유가 뭘까?', 또 '비디오를 보여주는 이유는 뭘까?'/ '학생들에게 경쟁심을 조장하는 것과 같은 게 아닐까?'라고 생각했다.

오늘은 하루 종일 눈이 내린다.

점심을 먹은 학생들이 운동장으로 뛰어간다.

눈이 쌓인 잔디 위에서 눈 뭉치를 굴려 눈덩이를 크게 키운다.

모두 신이 나 있었다. 갑자기 학교 운동장은 천진난만한 철없는 어린이들의 웃음소리로 운동장이 가득해진다.

나는 교실 창문 너머로 즐거워하는 아이들 모습을 내다보면서 그들이 너무나 사랑스러웠다. '나도 한때 저런 시절이 있었는데…'

하지만 그때 그 시절로 돌아가고 싶은 마음은 없었다.

수업이 끝나고 돌아가는 길에 미장원에 들러야 되겠다.

앞으로 19일이 지나면 미국에 간다.

미장원에서 집에 오니 저녁 7시가 되어간다.

지금도 밖에는 함박눈이 하얀 꽃처럼 바람에 휘날려 지붕 위에도 담장 위에도 차 위에도 그리고 거리에도 수북이 쌓이고 있다.

나는 어린아이처럼 기분이 좋았다. 거리로 나가 걷고 싶었다.

이 선생님에게 물었다. "저녁 사드릴게요. 읍으로 가실래요?" 흔쾌히 승낙을 하는데 이 선생님도 기분이 좋은가 보다.

우리는 따뜻하게 두꺼운 외투를 입고 빌라를 나와 걸었다.

솜털처럼 부드러운 눈이 내 모자 위에도 이 선생님의 머리 위에도 수북이 쌓여 이내 이 선생님을 백발 할아버지를 만들어 버린다.

나는 이 선생님을 보고 낄낄대고 웃었다.

읍에 도착한 우리는 식당 안으로 들어갔고 이미 저녁 식사 시간이 지나서인지 식당엔 손님이 많지 않았다.

식당 안은 따뜻했다. 음식을 주문하고 소주를 한 병 시켰다.

음식과 소주 맛이 꿀처럼 달던지!

지금과 같이 술이 달다면 술 중독자가 될 것 같다는 생각이 들었다.

우리는 식당을 나와 맥줏집으로 갔다.

맥주 3병을 둘이서 마시면서 나는 이 선생님에게 그동안 고맙다는 인사를 하였다.

이 선생님 또한 내게 고맙다고 했다.

저녁은 내가 사고 맥줏집 술값은 이 선생님이 냈다.

어디서 왔을까?

솜털처럼 부드러운 하얀 눈송이.

먼 길 오시느라 힘들었을까?

나의 모자 위에도,

나의 어깨 위에도,

살포시 내려앉은 하얀 눈송이.

🖉 흐림. 2008. 12. 24. 수.

아침 일찍 서두르기 시작했다.

미국에 갈 준비는 미리 해두었지만, PD에게 2박 3일을 빼앗기고 나니 혹시 뭐 빠뜨리지나 않았는지 걱정이 되었다.

이 선생님은 인천공항까지 데려다 주겠다고 한다.

이 선생님은 다음 월요일 출근을 하니 나를 데려다 주고 서울에서 친구들을 만나보겠단다.

이곳 강진에는 인천공항에 가는 버스가 없어 이 선생님과 함께 버스를 타고 광주로 갔다.

버스 안에서 이제 38일간을 미국에 있는 가족들과 함께 시간을 보낼 수 있다고 생각하니 기분이 좋았다.

그때 내 핸드폰이 울린다. 남편 전화였다.

내일 그곳 공항에서 만난다니 기쁘고 설레나 보다.

광주에서 인천공항 가는 버스를 타고 이번에는 인천공항으로 달리고 있다.

인천공항에 도착해 먼저 가방부터 부쳤다. 그리고 점심을 먹으려고 2층에 있는 식당으로 갔다. 점심은 이 선생님이 냈다. 점심을 먹고 나서 이 선생님에게 서울로 돌아가라고 했다.

함께 있어야 할 이유가 없기 때문이다.

이제 몇 시간만 지나면 비행기 탑승시간인데 지금 이 시간만이라도 나는 혼자 있고 싶었다.

이 세상에서 가장 소중한 가족을 만난다는 그런 생각만 하면서 말이다.

지난 7개월 동안 말은 공부한다고 했지만, 솔직히 말하자면 그동안 나는 반 급우들에게 할머니 역할, 엄마 역할, 누나, 친구, 상담자 등 몇 가지 역할을 해왔던가!

나 자신을 위해 하루도 편한 날이 없었던 거 같다.

요 며칠은 KBS PD 때문에 밥을 입으로 먹는지 코로 먹는지 모를 지경이었다.

인천 공항은 내가 항상 좋아하는 곳이다.

공항에서 특별대우를 해주는 것도 아닌데 내가 인천공항을 좋아하는 이유 중 하나는 미국에서 출발하여 인천공항에 도착하면 고국에 왔다는 설렘을 주었고 미국으로 돌아가기 위해 인천공항에 오게 되면 이제 가족이 있는 미국에 갈 수 있다는 안도감을 주었다.

오늘 지금 이 순간만큼은 나 혼자서 비행기 탑승시간을 기다리고 싶었다. 이 선생님을 돌려보내고 나 혼자서 기쁨에 잠겨있었다.

이제 남편을 만날 시간이 20시간도 남지 않았다.

남편을 사랑해서 했던 결혼은 아니지만 그래도 애들 아빠이다.

잘난 사람은 아니지만 지금 한국에도 이주 여성들이 많듯이 내가 미국 군인과 결혼하던 그 시절에는 우리 한국이 무척 가난했었다.

비행기 탑승시간이 가까워졌다.

시카고 비행기에 탑승할 사람들이 이곳저곳에 앉아 핸드폰으로 아쉬운 작별인사를 하는 목소리가 들렸다. 이제 드디어 미국으로 가는가 보구나.

비행기에 탑승한 나는 자리에 가서 앉았다. 잠깐 잠이 들었나 보다.

눈을 떠 시계를 보니 지금 한국 시간으로는 12월 25일 아침 5시 15분 크리스마스다.

미국시각으로는 수요일 12월 24일 오후 2시 15분이다.

나는 지금 거대한 아시아나 비행기 안에서 태평양을 건너고 있다.

닭고기를 곁들인 아침 식사가 나왔지만 나는 입맛이 없어 먹지 않았다.

한국 시각과 미국 시각이 차이가 많이 나 수요일에 한국에서 출발했는데 미국에 도착하니 오늘이 수요일이란다.

긴 장거리 12시간 45분 비행을 마치고 비행기가 시카고 오헤어 공항에 도착했다.

한국 시각으로 계산하면 당연히 12월 25일 아침 8시다.

한국이 하루 더 빠른 셈이다. 아시아나 비행기에서 내린 후 공항 이민국 사무실 절차를 끝내고 가방을 찾아야 한다.

이번에는 국내선을 타야 하기에 찾은 가방은 다시 제 검사를 받고서 목적지로 다시 부쳐야 한다.

나는 미주리 콜롬비아로 간다.

가방을 부치고 국내선 비행기 탈 곳을 찾아 걸어가고 있는데 공항 안 크리스마스 장식이 눈에 들어왔다.

7개월 만에 돌아온 미국의 아름다움에 감동했다.

나는 시카고 오헤어 공항을 자주 다니는 편이다.

이처럼 아름다운 줄은 예전에는 전혀 몰랐었다.

크리스마스 장식들이 어찌나 아름답던지 나는 가던 길을 멈추고 가방 안에서 카메라를 꺼내 사진을 찍었다.

그냥 지나치기에는 너무 아름답다는 생각이 들었다.

국내선을 타야 할 곳을 찾았다. 손목시계를 보니 국내선 비행기를 타려면 아직도 1시간 30분을 더 기다려야 한다.

나는 핸드백에서 일기장과 볼펜을 꺼내서 일기를 쓰고 있었다.

그때 어디선가 남자 목소리로 메리 크리스마스란 성탄절 노래가 공항에 울려 퍼진다.

7개월 만에 들어 본 미국인이 부르는 성탄절 노래가 내 마음을 더욱더 가족 곁으로 다가가게 하였다.

크리스마스 전날 밤 공항에서 이렇게 시간을 보내기는 난생처음이다.

시카고 오헤어 공항에서 국내선 비행기는 20분 늦어져 8시 45분에 출발하였다.

세인트루이스 공항 도착 전 비행기 창문 밖으로 보이는 크리스마스이브의 야경은 지상의 천국이랄까?

이렇게 야경을 본 것은 정말 내 생애 처음 같았다.

곧 가족들을 만난다는 기쁨 때문일까?

내가 가족들 품으로 돌아온 것을 환영한다는 착각이 들 정도로 아름다운 밤이었다.

불꽃 위를 날아다니는 천사 같은 기분으로 오늘 밤 아름다운 야경은 내 생애 잊을 수 없을 것 같다는 생각이 들었다.

비행기는 조금씩 허공에서 서서히 내려오기 시작하여 드디어 목적지에 도착하였다.

내 마음은 콩닥콩닥 뛰었다.

가방을 들고서 많은 사람들을 비집고 빠르게 걸었다.

남편과 막내아들이 저편에서 기다리고 있었다. 내가 다가가자 남편이 품에 안고서 좋아서 어쩔 줄 모른다.

남편도 아들도 무척 기뻐한다.

우리는 가방을 찾고서 2시간을 운전하여 드디어 집에 도착했다.

전남 강진에서 출발한 지 30시간 만에 집에 도착한 것이다. 이 편안함!

✎ 비 2008. 12. 27. 토.

어젯밤은 2시간 잤다. 계속 토막잠을 자니 아무것도 할 수가 없다.

자리에서 일어나 벽시계를 보니 새벽 1시 20분이었다.

강현옥 선생님께 메일을 띄웠다.

그리고 다시 자리에 누워 천장을 쳐다보면서 눈만 멀뚱멀뚱 거리다 잠들어있는 husband를 바라보니 참 가엽다는 생각이 든다.

husband는 무슨 재미로 살고 있을까? wife도 없는 Big house에 혼자서 이렇게 나를 기다리고 있다. 그리고 house만 지키는 것이 아니다.

월세를 살던 사람이 나가면 집을 다시 공사를 하고 깨끗하게 청소를 하며 다른 월세 세입자를 구해야 한다. 장부정리를 하고 직장생활에 일인일역 역할이 아닌 힘들고 고된 일을 혼자서 해내고 있었다.

둘이서 함께 할 때도 쉬운 일이 아니었는데 지금 나는 나의 생각만 하고 있는 것이 아닌지, 집안 살림이라고 해보지 않던 husband!

시계는 아침 7시를 알리고 있다. 이제 눈을 좀 붙이고 싶다.

겨울답지 않게 날씨가 따뜻하다.

천둥소리와 함께 지금 밖에는 비가 내리고 있다.

내 마음이 고통을 토해 내기라도 하는 것처럼 하늘이 울부짖고 있다.

이렇게 고작 한 달을 가족과 함께 있다가 한국으로 돌아가야 하는 내 마음을 저 하늘이 알고 먼저 슬픔을 토해내고 있는 것일까!

자리에서 일어나 따뜻한 물로 샤워하고 나니 몸이 한결 가벼웠다. 남편과 함께 아침을 먹었다.

생각할수록 슬픔과 걱정이 앞섰지만 이미 시작한 공부를 초등학교 졸업장만 달랑 들고 온다는 것은 바보 같다는 생각이 들었다.

이제 겨우 벽을 짚고 일어서려는 아기처럼 눈에 뭔가 보일까 말까 하는 시기에 중학교도 팽개치고 되돌아오면 많은 사람들이 '그럼 그렇지! 그 나이에 무슨 공부를 한다고.'라며 수군댈 거고 웃음거리만 되겠지.

이미 일이 이렇게 벌어졌는데 나는 끝까지 공부를 하고 싶었다.

하늘이시어!

이제 그만 울어다오.

내일의 나를 위하여 금빛 같은 햇살이 저 산 너머에서 떠오르기를….

2009년도 1월 1일을 맞이하는 새벽 첫날이다.

세월은 유수와 같다더니 내 나이 벌써 60살이다.

아침에 자리에서 일어나니 아프던 몸이 조금은 나은 것 같은 생각에 좀 살 것 같았다.

3일을 아프고 나니 오늘은 집에서 쉬기로 했다.

올해 내 첫 소원은 더도 말고 그저 남편 건강이 좋아졌으면 하는 바람이다.

다시 한국으로 가게 되면 멀리 떨어져 있으면서도 마음의 그림자처럼 함께 할 남편이 그저 오래도록 곁에 있어주기를 바랄 뿐이다.

새벽에 일찍 일어나 샤워부터 했다. 문을 열어보니 큰아들 편지가 문고리에 매달려 있었다. '엄마, 잘 가.'라는 편지였다.

큰아들 편지를 읽어 내려가면서 어찌나 가슴이 아프던지 콧잔등이 시큰해지면서 동시에 갑자기 머리가 아파져 온다.

얼음 속에 묻혀있는 듯한 느낌과 얼어버린 그런 느낌으로 아프다.

그리고 뜨거운 피를 토할 정도의 슬픔이 몰려온다.

그때 전화벨이 울린다. 큰아들이다. 공항에 같이 가겠단다.

남편과 아들, 손녀 우리는 공항에 가기 전에 식당에 들러 점심을 먹었다. 식당을 나와 2시간 동안 운전해서 공항으로 갔다.

공항에 도착하여 가방 둘을 부치고 나니 이제 작별인사를 할 시간이 다가왔다. 몇 번을 껴안고 또 껴안았다. 남편 앞에서 눈물을 보이지 않으려고 굳게 마음을 먹었다.

이제 남편과 아들 손녀가 공항에서 나가고 비행기를 기다리면서 지금 일기를 쓰고 있다.

무슨 운명의 장난일까?

왜 이래야 할까?

지금 내 나이에 꼭 공부를 해야 하는지?

그렇게도 공부가 소중하단 말인가?

미국 현재 시각으로 1월 12일 오후 6시 45분 국내선 비행기를 타고 시카고로 향하고 있다. 시카고 오헤어 공항에 밤 8시에 도착하여 새벽 1시에 한국행 아시아나 비행기를 타야 하기 때문이다.

✎ 흐림. 2009. 1. 14. 수.

아시아나 비행기는 멀고도 먼 14시간 장거리 비행을 마치고 인천국제공항에 아침 7시에 도착했다.

도착 시각은 아침 6시인데 얼음으로 인해 시카고 공항에서 1시간을 늦게 출발하였다.

도착하자 즉시 미국에 있는 남편에게 전화를 걸었다. 남편이 '헬로.'하고 전화를 받는다. 도착했다는 말을 하자 "좋아."라고 말을 하는 남편에게서 슬픔이 전해졌다.

얼마나 가슴이 아프면 이틀째 출근하지 않고 내일도 결근하겠단다.

돌아갈 날짜를 앞당겨 가버린 아내 때문에 가슴이 몹시 아픈 모양이다.

그렇게 마음 아파하는 남편을 홀로 남겨두고 떠나와 버린 나는 또다시 눈물이 나온다.

나는 남편에게 '건강 조심해. 사랑해. 끊어.'라는 말과 함께 전화를 끊은 후, 가방을 가지고 공항을 나왔다.

공항 문이 열리고 밖으로 나오자 찬바람이 얼굴을 맵싸하게 휘감는다.

광주로 갈 버스표를 사려고 매표소로 갔다.

매표소에 도착한 나는 학생증과 함께 이만 원을 매표소 여직원 앞에 내놓고서 "초등생 표 한 장 주세요. 광주행이요."

여직원이 내 학생증을 들고선 앞뒤를 돌려보더니,

"아주머니, 성인인데 초등생 표는 안 되는데요."

"제가 초등생이니까 학생증을 보여드린 건데 왜 안 되는 겁니까? 나이 많다고 학교 다니지 말라는 한국 법이 그렇게 정해져 있나요?"

나는 여직원에게 그렇게 당당히 물었더니 마지못해 여직원 하는 말이 "표는 드리는데요, 기사님이 안 된다고 하면 안 되는 겁니다."라는 것이다.

"기사님 걱정은 마시고 그저 표나 주십시오."

그렇게 광주에 가는 버스표는 일단 초등생용으로 끊게 되었다.

한국에 앞당겨온 나를 야박한 인간이라고 꾸지람이라도 하듯이 날씨는 몹시 춥기만 한데도 짐 때문에 안에 들어갈 수도 없었다.

8시 40분 광주행 버스가 왔다.

나는 가방을 버스 트렁크에 싣고 버스 안으로 들어갔다.

버스 안은 어머님 품처럼 무척 따뜻했다.

나는 좌석 번호에 앉았고 맨 뒤에 앉아있는 나부터 표를 걷기 시작했다.

그때 나는 속으로 기사님과 또다시 입씨름하게 될 것 같아 버스 기사를 보는 것이 달갑지 않았다.

미국 집을 떠난 지가 30시간은 되었을까?

나는 소금에 절여 놓은 파김치처럼 축 처져 피곤함에 누구와 얘기하는 것조차도 싫었다.

바로 내 앞부터 버스표를 걷은 기사님 표정은 밝았다.

이제 눈을 감은 채 달리는 버스에 몸을 맡기고서 아무 생각도 하고 싶지 않았다.

오후 1시쯤 광주에 도착했다.

강진 가는 버스를 타려면 혼자서 가방을 옮기는 것은 무리였다.

짐을 옮기는 아저씨가 3천 원을 달라고 한다.

5천 원을 드릴 테니 버스표를 파는 매표소까지 갈 수 있느냐고 물었더니 좋다고 하신다.

"강진 가는 초등생 표 하나요."

버스표와 거스름돈을 돌려받자 짐을 옮겨주는 아저씨는 "성인도 초등생 표를 살 수가 있네요?"라고 내게 묻는다. "그럼 아주머니, 미국에서 공부하러 오셨나요?"/ "예, 결국은 그렇게 되었네요."

강진 가는 버스가 곧 떠난단다.

짐을 옮겨주는 아저씨께서는 친절하게 가방을 버스 짐칸에 실어주셨다.

"아저씨, 감사합니다. 즐거운 하루 되십시오."하고 5천 원을 드렸더니 좋아하신다.

"아주머니, 공부 열심히 하십시오."

✏ 2009. 1. 29. 화.

오늘은 컴퓨터 앞에 앉아서 수학 공부를 하기로 했다.

헌데 수학 생각만 하면 잠이 오고 짜증이 난다.

내 핸드폰 소리가 울린다. 어릴 적 친구였던 김정단이 오빠였다.

정단이 어머님께서 서울에서 다니러 오셨단다. 47년 만에 만나보는 친구 어머님이시다.

내 어머님과도 친구이신 정단이 어머님. 정단이와 나는 동갑내기 친구였고 정단이 오빠는 우리 오빠와 역시 친하게 지낸 사이였다.

나는 친구였던 정단이 오빠네 집에 가기 위해 옷을 차려입고 집을 나섰다.

오빠 집에 도착하고 친구 어머님을 뵙고 보니 47년이란 세월이 훌쩍 흘러가 어머니 연세는 83세이고 나는 60세이니 길거리에서 마주친다 해도 못 알아볼 정도로 서로 변해있었다.

몇십 년 만에 만난 친구 어머님이지만 어찌나 반갑던지 내 어머님을 뵙는 듯한 느낌도 들었고 한편으로 '왜 내 어머님은 그렇게 일찍 가셨을까?'/ '오빠는 또 왜 그리 급하게 꼭 가야만 했을까?'하는 원망이 일었다.

친구 어머님으로부터 엄마에 대한 얘기를 들으며 하루가 짧다는 생각이 들었다.

저녁 식사를 하면서도 어머님 얘기를 들었고 늦게까지 끝이 없었다.

친구 어머님은 우리 엄마가 마을을 떠나야만 했던 이야기를 자세히 들려주었다.

한마을에 사는 계냥이라는 아저씨에게 돈을 빌려드리고 돈 한 푼 받지 못하셨던 어머님은 계냥이 아저씨와 잠자리를 하신 것으로 누명까지 쓰셨단다.

아마도 1961년인가? 박정희께서 대통령이 되기 위해 5·16 쿠데타가 일어날 때였다.

내 어머님은 언젠가는 분가를 하셔야 하는 것을 아시고 계셨단다.

할머니, 그러니까 내 엄마의 시어머님은 홀 시어머님을 모시고 큰아버지와 큰어머님께서 아들 둘을 낳아 놓고 돌아가셨단다.

6·25 사변으로 경찰이셨던 아버님은 영영 돌아오시지 않으셨지만 어

린 남매인 우리에게 희망을 걸고 친정아버님께서 내 외할아버지로부터 받은 용돈을 모아 마을 아저씨에게 빌려주셨다. 그런데 박정희가 만들어 놓은 '고리채 신고'때문에 걱정이 된 어머니께서 계냥이 아저씨를 밤에 오라고 했단다.

그 시절엔 과부가 밤에 남자를 만나서는 안 된다는 옛 풍습이 있었다. 헌데 그때 마침 시집간 막내 고모가 친정인 우리 집에 와 있었다.

마을 아저씨가 우리 방에 들어온 것을 보고서 큰아버지 아들인 큰오빠와 함께 밖에서 지키고 있었단다. 결국, 계냥이 아저씨는 밤이 다 새도록 우리 방에서 못 나갔단다.

시집간 막내 고모는 가난해서 우리 집에 어찌나 자주 오던지 큰아버지 두 아들을 키워주신 내 어머님은 큰아버지의 큰아들과 시집간 막내 고모는 그날로부터 어머님을 괴롭혔단다.

그렇게 누명을 쓰신 어머님께서는 마을 아저씨에게 빌려준 돈 한 푼 받지 못하고 어린 남매인 우리를 할머니 집에 맡겨둔 채 달빛이 밝은 여름밤 마을을 그렇게 떠나셨단다.

친구 어머님 말씀이 그날 밤 함께 가셨단다.

"네 어머님이 얼마나 울면서 간 줄 아니?

억울하게 누명까지 쓰고 돈 한 푼 못 받고 어린 너희를 떼어놓고 가는 게 발길이 떨어지지 않아 울면서 떠나는 네 어머님이 제정신이 아니었어야.

네 보람 고모, 사람이 그러면 못써야.

그래도 봐라, 지금은 잘 살지 않냐.

지 자식들 다 잘 되고. 느그 식구는 네 고모 때문에 그렇게 됐어야.

네 어머니 깨끗하고 부지런하고 얌전하고 내가 네 어머니 속 다 안다.

계냥이도 잘 됐어야.

네 어머니 돈 안 갚고 그 돈으로 부자 됐어야.

네 함씨(할머니)도 그러면 못써야.

젊은 과부 며느리 시집살이를 얼마나 시킨 줄 아냐!

네 함씨 죽기 전에 큰아버지 아들, 만준이한테 많이 당하고 죽었어.

다 벌을 받아서 그런 거란다."

친구 어머님에게서 내 어머님에 대한 얘기를 들은 나는 가슴이 미어질 것만 같았다.

집으로 돌아가는데 어머님 얼굴이 자꾸만 아른거린다.

오빠와 나는 너무 어려 아무 힘이 되어드릴 수 없었던 그 시절이 뼈가 저리게 가슴 아팠다.

잠자리에 누웠지만 어린 시절 어머님께서 그렇게 떠나시고 막내 고모 보람이는 어린 두 딸과 함께 고모부랑 우리 집으로 완전히 이사를 온 것이다.

이사를 온 것까지는 좋은데 우리들 방까지 차지했으니 나는 할머니 방으로 옮겼다.

우리 할머니는 지독한 깍쟁이인데다 무섭기로 소문이 나 있었다.

내 고생은 그때부터 시작되었다.

내 방을 차지한 고모는 이제 셋째 아이를 곧 낳게 된다.

새로 태어난 아기까지 내가 봐야 한다. 고모 아이들은 아직 어려 새로 태어난 아기를 볼 수 없기 때문이다.

이른 새벽에는 산에 가서 나무를 하고 낮에는 아기를 보고 때로는 방 청소까지 하면서 고모 때문에 초등학교 졸업도 못 했으니 말이다.

그래서 내가 태어난 용흥리란 마을에는 전혀 가보고 싶지도 않았다.

✎ 호리. 2009. 2. 16. 월.

오늘은 이 선생님과 함께 학교에 갔다.

아직도 중학교 배정이 강진여중으로 되어 있지 않았기 때문에 한국 방식에 서툰 나보다 이 선생님의 도움이 필요했기 때문이다.

이 선생님은 도암초등학교 교장 선생님을 직접 찾아뵙고 나를 강진여중으로 배정해 달라고 요구하였다.

벌써 몇 개월 전부터 얘기했는데도 나를 도암중학교에 배정시키려는 이유가 뭘까?

그리고 오후 1시에 도암중학교 교장 선생님은 내 담임선생님께 직접 전화를 걸어왔다.

그때 마침 내가 담임선생님 옆에 있었는데 압력을 가하는 것 같았다.

몇 개월째 이러고 있는 초등학교 교장 선생님과 중학교 교장 선생님들이 어리석다는 생각이 들었다.

　전화를 끊은 담임선생님은 나와 약속을 했다.

　강진여중으로 가시는 것을 들어드릴 테니 내일 도장을 가지고 오세요.

　내가 언론을 탄다고 해서 도암중학교에서 덕 볼 게 뭐가 있다고?

　밤 9시가 넘었을 때 핸드폰이 울린다.

　담임이다. 오늘 퇴근하고서 내 서류를 직접 교육청에 갖다 줬으니 이제는 안심해도 된단다. 참으로 고마운 분이다.

　나 때문에 젊은 나이에 많은 압박을 받았을 텐데.

✎ 맑음 2009. 2. 18. 수.

　오늘은 나의 졸업식 날. 반평생이 넘는 세월을 기다려온 졸업식 날이다.

　남들은 뭐 초등생 졸업이 60이라고?

　비웃을지 몰라도 나에겐 소중한 날이다.

　45년 전 어머님께 드렸던 약속이 이렇게 많은 세월이 흘러서야 지킬수 있었으니. 졸업장을 받을 수 있다는 생각만 하여도 얼마나 기쁘던지.

　오늘 이 기쁨을 세 사람께 감사드린다.

　첫 번째는 하늘에 계신 어머님께 드리고 두 번째는 남편, 많은 사람들 눈 때문에 내 졸업식에 참석할 수 없어 태평양 건너 먼 곳에서 말없이 지켜봐 주는 고마운 사람, 그리고 또 한 사람은 남들 앞에서 내 남편처럼 내가 공부할 수 있도록 힘이 되어주신 이 선생님.

오늘 아침에도 혹 내가 실수를 할까 봐 너무 신경을 써주는 이 선생님을 외면해버렸다.

어젯밤 역시 잠을 제대로 못 잤고 촬영 때문에 몹시 피곤한 상태였다.

이 선생님과 함께 학교에 가니 이미 MBC 방송과 SBS 방송, 그리고 신문 기자님들도 이미 와 있었다.

제 7618호

졸 업 장

성명 김 춘 엽
1950년 04월30일생

위 사 람 은 6개 년 의
전 과정 을 수료 하였 기에
졸업 장을 수여 합니다.

2009년 2월 18일
도암초등학교장 김 내 학

졸업식이 진행되고 황주홍 군수님 대신 부군수께서 오셨고 옛 동창생이자 지금은 강진 국회의원인 김영수와 집안의 친척 몇 분, 그리고 강현옥 선생님까지 이미 와서 기다리고 계셨다. 청주에 사는 최기봉한테 꽃다발이 왔고 여기저기서 꽃다발이 들어왔다. PD들과 기자들은 나를 놓칠세라 가는 곳마다 따라다닌다.

졸업식이 끝나고 우리 일행은 강진에 있는 '백악관'이란 식당으로 갔다.

사흘 전에 이 선생님께서 이미 예약을 해놓으셨다.

여러 사람들과 점심 식사를 하면서 와인도 곁들였다.

그리고 이 선생님과 나, SBS 방송국 PD는 어머님이 편히 잠들어 계시는 곳에 갔다.

그리고 어머님께 한 약속의 졸업장을 보여드렸다.

어머님 여기 제 졸업장입니다.

너무 늦게 와서 죄송해요.

사랑하는 어머님! 이제 편히 잠드소서.

그리고 나는 눈물을 참을 수 없었고 양 볼을 타고 흘러내렸다.

꿈만 같은 나의 졸업장, 그리고 이젠 내게도 동창생이 생겼다.

비록 손자뻘 되는 어린 동창생들이지만 난 해냈다는 그런 감정의 눈물이 지금 양볼을 타고 흘러내리고 있는 것이다.

▲ 도암초등학교 제85회 졸업기념 2009년 2월 18일

하지만 나는 이제 여기서 멈추지 않을 것이다. 이틀 후면 중학교 반 배치고사가 있다.

집에 돌아오자 갑자기 피로가 밀려온다.
긴장이 풀린 탓일까?
나는 12시간을 자리에서 뒹굴면서 잠을 자다 깨다 했다.
벽시계를 보니 12시간을 그렇게 누워있었다.

라디오 방송국에서 전화가 왔다. 녹음해달라는 부탁을 나는 거절했다.
이제는 더 이상 촬영도 라디오 녹음도 하고 싶지 않았다.
그저 조용히 공부만 하고 싶을 뿐이다.

✎ 비. 2009. 2. 19. 목.

이른 아침부터 비가 얌전히 내리고 있었다.
비는 그렇게 종일 내리고 있고 나는 집에서 공부만 했다.
내일 중학교 반편성 시험이 있기 때문이다.
이 선생님도 내 공부를 도와주셨다.

아침을 먹은 후 오후에 있을 시험공부를 하였다. 이 선생님이 내 공
부를 돕는다.

내 나이 60이 되어서 처음으로 중학교 건물 안에 들어서는데 누군가
택시에서 내리면서 내 이름을 불렀다.

돌아보니 도암초에서 한 반이었던 동창생 김민지이였다.

졸업식 날 봤는데도 중학교에서 보게 되니 더욱 반가웠다.

민지와 함께 학교 운동장으로 가보니 이미 여학생들이 많이 와 있었다.

아이들과 함께 운동장에 서 있는데 한 여선생님께서 내 곁에 오시더
니 반갑게 인사를 하신다. "안녕하세요? 오셨군요. 날씨가 추운데 교무
실로 가시지요."

나는 민지를 두고 갈 수가 없었다.

같이 가도 된다는 선생님 허락을 받고, 민지랑 함께 선생님을 따라
교무실 안으로 들어서니 여러 선생님들과 교감 선생님에게 소개를 시
켜주신다.

교감 선생님께서는 자리에서 일어나 반갑게 맞아주신다.

교무부장님은 녹차까지 가져다주시고 교감 선생님께서는 소식은 들
었는데 학교 배정서류가 오지 않아서 마음이 바뀌어서 도암중학교에 가
시나 하고 생각하셨단다. 여기 오신 것을 진심으로 감사하게 생각하신
다면서 호칭에 대해 걱정하는 눈치였다.

그때, 내가 "교감 선생님. 제 이름은 김춘엽입니다. 춘으로 불러주세

요. 저는 학생입니다."라고 말했다. 아직 서류는 안 왔지만 교육청에서 어제야 전화가 왔다고 말씀하셨다.

교감 선생님과 인사말을 끝내고 밖으로 나오면서 생각했다.

도암초등학교에서 도암중학교로 보내려고 끝까지 배정서류를 보내지 않았던 도암초등학교 교장 선생님이 좀 얄밉다는 생각이 들었다.

밖으로 나가서 나는 어느 반으로 가야 하나 하고 이름을 확인해보니 맨 마지막 번호인 끝 번호 140번이었다. 내 번호가 맨 마지막임을 확인하고서 도암초등학교 교장 선생님과 담임선생님 얼굴이 잠시 머리에 스쳐 갔다. 45년 전에 있었던 일과 45년이 지난 오늘날까지도 이런 일이 변함없이 벌어지고 있었다.

내 번호는 컴퓨터로 프린터 된 것이 아니라 볼펜으로 적혀있었다.

이 선생님이 아니었다면 나는 또다시 45년 전 과거와 똑같이 되었을 것으로 생각하면서 교육청에 계시는 장학사님께 감사하다는 생각이 들었다.

맨 끝 번호 때문에 맨 뒷좌석에 앉아 시험을 보았다.

여학생들이 하도·조용하여 교실 안이 찬물을 끼얹은 그런 느낌이었다.

첫 시험이 끝나고 화장실을 가려는데 한 여학생이 내 곁으로 다가 와 인사를 한다.

그리고 본인은 김영자이고 언니가 3학년이란다. 화장실을 가다가 복도에 있는 창문 밖을 내다보니 바람에 휘날리는 눈을 바라보다가 갑자기 어린 소녀처럼 마음이 설렌다.

그때, 민지 나를 보고 내 곁으로 다가온다. 도암초등학교에서는 왕따를 당하지 않으려고 많은 노력과 배려를 서슴지 않았다.

이때 화장실 입구 쪽에서 아이들 여러 명이 "안녕하세요?" 인사를 하였고 나도 그들에게 인사를 했다.

화장실에서 나와 교실에 함께 들어간 영자는 초콜릿 사탕을 하나 건네준다.

그때 나는 속으로 도암초등학교 학생들보다는 더 낫다는 생각이 들었다.

시험이 모두 끝나자 민지는 나를 따라 우리 집에 갔으면 한다.

하지만 이미 이 선생님과 약속이 되어있었다. 아이들과 함께 교문을 나오는데 추운 날씨에도 이 선생님은 교문 밖에서 나를 기다리고 있었다.

반 배정시험이 끝나면 어머님께 가기로 하였기 때문에 이 선생님이 미리 차를 가져와서 기다리고 있었던 것이다.

그런 이 선생님에게 미안한 마음보다는 남편이 지금 이 자리에서 나를 기다리고 있었으면 얼마나 좋을까?

그리고 나도 저 아이들과 같은 나이였으면 얼마나 좋았을까 하는 생각을 하였다.

이른 새벽부터 눈이 내린다. 새벽 일찍 일어나 학교 갈 준비를 한다.

오늘은 중학교에 입학하는 날이니 내가 중학생이 되는 날이다.

학교에 가보니 2학년과 3학년으로 보이는 여학생들이 처음 보는 내가 신기한가 보다.

그렇지 않으면 할머니 학생이 온다는 소문을 들은 후 설마 했는데 직접 보고나니 신기한가 보다.

대부분 여학생들은 먼저 내게 인사를 한다.

아침에 입학식이 있었고 나는 3반이 되었다.

3반 담임선생님 이름은 박재홍, 나이는 30살, 착하게 생긴 총각 선생님이었다.

체육관에서 학교 규칙을 들은 후 이제는 책을 받으러 2층에 있는 도서관으로 갔다.

책을 받아 교실에 갖다 놓고 급식실에 가보니 초등학교와는 다르다는 느낌이 들었다.

물론 중학교는 학생 수가 많아서 그런지도 모르겠지만, 음식 역시 모든 면에서 초등학교가 더 낫다는 느낌이 들었다.

여학생들 화장실에 화장지도 없는 여중이라니!

선진국에 들어서려면 아직 멀었다는 느낌이 들었다.

학교 수업시간이 끝날 무렵 담임선생님께서 교장 선생님께서 나를 좀 보자고 하신다고 말씀하셨다.

교장실에 갔더니 교장 선생님과 선생님 몇 분이 계셨다.

교장 선생님께서 먼저 내게 인사를 하시면서 진심으로 축하한다는 말씀과 함께 불편한 일이 있을 때는 자기가 도울 수 있도록 말을 해 달라고 했다.

그리고 내 호칭을 걱정하신다.

나는 교장 선생님께 "저는 학교 규칙에 따르면 학생입니다. 저의 이름을 불러주십시오. 춘이라고 불러주시면 감사하겠습니다."라고 말했다.

교장실을 나오면서 교장 선생님의 따뜻함을 느낄 수가 있었다.

학교에서 받아온 교과서 하나하나에 이름을 써넣었다.

🖉 맑음 2009. 3. 6. 금.

자리에서 일어나니 오늘도 몸이 무척이나 피곤하다.

그래도 아침마다 청소하기로 약속을 했으니 학교에는 일찍 가야 한다.

아직 과목 계획표는 나오지 않았지만 15권의 책과 노트와 이것저것을 책가방에 집어넣자 책가방이 꽤 무거웠지만 그래도 학교에 갖다 놓아야 하지 않은가.

오늘 아침에 도덕 선생님께서 내게 이런 말씀을 하신다.

담임선생님이 나를 자기 반으로 보내달라는 부탁을 했단다.

그래서 내가 3반이 되었다고 한다. 다행히도 아이들이 나를 무척 좋아하는 것 같아 다행이다. 오늘은 쉬는 시간에 아이들 서너 명이서 내 옆으로 왔다.

과학실에서도 두 명이 추가해서 과학 선생님께서 빈자리 책상으로 두 명이 가줄 것을 권하셨으나, 자리에서 일어난 아이들이 없자 두 번째 권고에 마지못해 아이들 두 명이 자리에서 일어난다.

내 생각 같아서는 선생님 말씀을 들은 후 내가 먼저 일어나고 싶었으나 먼저 일어나기도 곤란하였다.

어젯밤에 핸드폰을 확인한 후 박수빈에게 미안하였다.

3일 날 문자 메시지가 왔는데 어젯밤에야 핸드폰을 확인했으니 오늘은 수업이 끝나고 집에 가는 데로 수빈에게 전화를 해줘야지.

그래도 마음 착한 내 동창생인데 다들 새로운 학교에 잘 적응하고 있을까? 궁금하다.

✐ 맑음 2009. 3. 7. 토.

새벽 일찍 자리에서 일어나 컴퓨터를 켰다.

입학식을 하고 난 뒤부터 시간이 없어 며칠간을 컴퓨터마저 켜보지 못했으니 이 메일을 열어보니 편지가 서너 통 쌓여있었다.

그중에는 6학년 때 한 반이었던 강예은의 편지도 와 있었다.

편지를 읽어 본 후 제일 먼저 예은에게 답장을 보냈다.

그리고선 따뜻한 물로 샤워를 하고 간단히 아침 식사를 마치고 학교에 갈 준비를 하였다. 중학교 입학식이 3일이었으니 오늘이 5일째 되는 날이다.

그러나 반 아이들 이름을 하나도 알지 못했다.

아이들은 몇 번씩이나 본인 이름을 알려줬지만, 아이들 이름을 기억 못 하고 있다.

하지만 다행히도 아이들은 나를 무척 따라준다.

오늘은 토요일, 오전 수업뿐이다.

수업이 끝나고 청소도 해야 하는데, 아이들 여러 명이서 나를 따라와서 현관 입구 유리문 닦는 것을 거들어준다.

신문을 나눠주면서 유리창을 닦으라고 하니 서슴없이 유리창을 닦는 아이들을 보니 귀엽기만 하다.

벌떼처럼 창에 붙어 유리를 닦는 아이들을 데리고 오후에는 이곳 강진에 있는 황주홍 군수님 사택을 방문하였다.

황주홍 군수님 어머님께서는 몸이 아파 자리에 누워계셨다.

연세가 88 고령이시다. 마음이 따뜻한 분이시다.

황주홍 군수님 댁에 가정부 아주머니께서 만들어 준 간단한 점심을 군수님 댁에서 아이들과 함께 먹고 나서 우린 군수님 사택을 나와 이번에는 「모란이 피기까지」의 영랑 생가에 들어갔다.

거울만 보지 않으면 진짜 어린 소녀 같은 그런 마음으로 아이들과 이렇게 함께 노는 것이 정말 재미있었다.

집에 돌아와 일기를 쓰고 있는 나는 오늘 음악 수업 시간을 떠올려 본다.

강진여중에 근무하시는 음악 유순희 선생님은 내게 항상 친절히 대해 주시고 마음이 아주 따뜻한 분이란 걸 알 수 있었다.

오늘 음악 시간에 '나의 살던 고향'을 불렀다.

'나의 살던 고향은 꽃피는 산골, 복숭아꽃 살구꽃 아기 진달래, 울긋불긋 꽃 대궐 차리인 동네, 그 속에서 놀던 때가 그립습니다.'

몇십 년 만에 불러보는 노래에서 진한 감동일까?

콧잔등이 시큰해짐을 느낄 수가 있었다.

✎ 맑음 2009. 3. 17. 화.

이 선생님은 나를 학교까지 매일 아침 데려다 주고 출근하신다.

오늘 아침에도 학교 현관 청소를 마치고 반으로 돌아갔다.

교실에 들어간 나는 쓰레기를 쓸어 담아 쓰레기통에 버린 후 이순자 눈치를 살폈다.

그리고 순자 옆으로 다가가 "굿모닝, 순자." 내가 먼저 인사를 했다.

그리고 순자을 데리고 밖으로 나갔다.

순자 예쁜 얼굴에 눈이 더 커지면서 밖에 잠깐 나가자고 하니 궁금증이 생겨 재촉한다. 우리는 밖에 나가자 잠깐 앉자고 권했다.

순자가 내 얼굴을 쳐다보며 무척 궁금해하는 모습이다.

먼저 순자 옆에 내가 앉았다. 순자도 따라서 내 옆에 앉는다.

"순자는 언제 봐도 예뻐. 그리고 착하기도 하고… 어머! 오늘은 긴 바지를 입었네. 순자는 약속도 잘 지키나 봐."하고 칭찬하고 좋은 말로 치마를 입지 말라고 하였다.

치마 때문에 괜히 체육 선생님한테 꾸지람만 받았잖아.

예쁜 얼굴인데.

나는 네가 부럽다. 어찌나 네가 예쁜지.

교실로 돌아온 우리. 의자에 앉아 있으려니 얼마 전에 있었던 권영숙 얼굴이 내 머릿속에서 스쳐 지나간다.

영숙이는 1학년 4반이다. 영숙이는 매일 아침 학교 현관에서 청소하는 나를 보려고 교실에 가기 전에 일부러 현관으로 온다.

지난 목요일과 금요일 자기를 기다려 달라는 그애 부탁을 무시해 버린 채 나는 그냥 집에 가 버렸다.

감기몸살로 인해 몸이 아파서였다.

헌데 그 아이는 서운해하지 않고 매일 아침 나를 보러 현관까지 온다.

오늘 아침에 그런 영숙이를 나는 꼬옥 껴안아주었다.

그리고선 "영숙아, 잘 가."라 말해줬다.

우리는 이동 수업인 수학 시간에도 영어수업에도 한 반이 되었다.

이동 수업시간마다 그 아이는 옆자리를 맡아 놓고 나를 기다리고 있다.

오늘은 급식실에 갈려고 반 아이들과 함께 가보니 영숙이가 맨 앞에 서 있는 게 아닌가? 지난주에는 내 옆에 서려다가 우리 반 아이들한테 밀려 나간 후론 이제는 아예 미리 와서 나를 기다리고 있는 영숙이. 내 게서 엄마의 정을 느끼고 있는 게 아닐까?

그리고 급식실에서도 내 옆에 앉아서 점심을 먹는 영숙이.

내 곁에만 머물기를 좋아하는 영숙이.

혹시 무슨 사연이라도 있는 것일까? 체육 선생님을 만났다.

체육 선생님 말씀이 밖에서 만나는 분들이 나에 대해서 궁금해하면 서 나를 물어본단다.

체육 선생님께서는 이렇게 말씀을 하신단다.

지금도 애기처럼 고운 얼굴에 착하신 분이라고 하면 또 묻는단다.

호칭을 어떻게 부르느냐고?

본인이 이름을 불러달라고 해서 호칭은 없다고 말씀하셨단다.

아무 걱정 없이 잘 적응해나간다고 자랑을 하셨단다.

오늘 아침에는 첫 과목에 교장 선생님께서 우리 교실에 들어오시더 니, 직접 내 곁으로 오신 후 볼펜 한 통을 내게 주시고 가신다. 교장 선 생님께서 교실을 나가신 후 학생들이 부러워한다. 얼마 되지 않는 작은 선물이지만 존경스런 교장 선생님에게 감사한 마음이었다.

오늘은 학교에서 점심만 먹으면 집에 가야 한다.

담임선생님 가정방문이 있기 때문이다.

담임선생님께서 우리 집에 오시고 이야기가 시작되었다.

착하고 존경스런 총각 담임선생님 말씀이 처음 내가 온다는 소문이 학교에 퍼지자 많은 선생님께서 호칭에 대해 얘기를 하셨단다.

그리고 선생님들께서 부담을 가지고 걱정을 하시던 차에 담임선생님도 어떻게 해야 할까 걱정을 하셨다는 거였다.

그리고 입학식이 진행되고 나를 만나 본 선생님들 걱정과는 정반대로 어찌나 내가 학생들하고 잘 어울리는지 선생님들께서 다들 나를 좋아한다고 하셨다.

그리고 반 아이들과 함께 찍은 급우들 사진 속 나를 선생님들께서 서로 찾아보다가 어머 어쩜 저리도 잘 어울리는지 티도 나지 않는다고 전해주셨다.

✎ 2009. 3. 19. 목.

영숙이는 오늘 아침에도 나를 보러 왔다. 그리고 오렌지 하나를 나에게 준다.

오렌지는 작은 비닐봉지에 담아있었고 찜질방에서 사용하는 양 머리 수건처럼 양쪽 끝을 귀엽게 살짝 묶어 귀처럼 만들고 눈과 입을 그려넣은 정성 어린 마음이 영숙이 엄마의 정을 그리워함이 내 마음에 와 닿았다.

나는 영숙에게 오렌지를 돌려주려고 했으나 받지 않는다.

자기 몫인 오렌지를 나에게 준 영숙이를 꼬옥 껴안고서 볼에 내 볼을 살짝 갖다 댔다.

그때 갑자기 코가 찡해짐을 느낄 수 있었다.

세상이 고르지 못함을 다시 한 번 생각하면서 우리는 각자 교실로 가기 위해 다시 헤어져야 했다.

점심시간이 되어 급식실에 가보니 영숙이가 미리 와서 맨 앞줄에 서 있었다.

나를 보고서 앞줄에서 나와 내 곁으로 온다.

우리는 오늘도 이렇게 점심을 함께 먹었다.

학교 수업이 끝나고 나를 기다리고 있던 영숙이 손목을 잡고 밖에 운동장에 나갔다.

우리는 아이들이 몰려가는 길을 피했고 나는 영숙이에게 개나리꽃을 보여주고 싶었다.

아름답게 활짝 핀 개나리꽃을 보면서

"영숙아, 개나리꽃 예쁘지?" 영숙이는 처음 보는 개나리꽃이란다.

난 잠시 이런 생각을 하였다.

개나리꽃을 못 봤을 영숙이가 아닐 텐데….

아무도 설명을 해주지 않았을 뿐이겠지.

영숙에게 개나리꽃에 대해 자세히 설명을 해주면서 우린 손을 잡고 엄마와 딸처럼 다정하게 걸어서 집으로 왔다.

그리고 우린 딸기와 아이스크림을 먹으면서 영숙이는 내 수학 숙제를 도와준다.

항상 작은 연필만 쓰는 영숙에게 나는 예쁜 샤프 한 세트를 선물로 주었다.

퇴근하고 집에 오신 이 선생님도 영숙에게 친절히 잘해주신다.

영숙이와 나는 오늘도 이렇게 한 장의 벽돌을 쌓아 올리듯 우리의 우정을 쌓아 올렸다.

내 새로운 짝꿍은 오늘 아침 내게 이런 말을 한다.

자기 아빠께서 식사 대접을 하시겠단다.

짝꿍인 이혜숙에게

"왜 내가 네 아빠의 식사 대접을 받아야 할까?"

"춘께서 제게 친절히 잘 해주시잖아요." 나는 정중히 거절했다.

"우린 한 반이잖아. 그리고 나는 우리 반 아이들이 다 예쁜걸."

오늘은 보험회사에서 피 검사에 아무 지장이 없으며 보험에 합격이라고 이옥자에게 전화가 왔다. 그럼 전번 목포에서 온 간호사는 왜 내 피 검사에 대해 거짓말을 했을까?

밤에 미국에 있는 남편에게서 전화가 왔다. 우리는 이런저런 얘기를 많이 나눴다.

오늘은 오랜만에 써보는 일기 같다.

요즘은 일기 쓰는 시간도 없을 정도이니 말이다.

오늘 아침은 나 혼자 걸어서 학교에 가기로 했다.

아침에 강의가 없는 이 선생님이 학교에 데려다 주겠다고 했지만 그리 먼 길도 아니고, 요즘 따라 무척이나 피곤해하는 이 선생님을 볼 때마다 미안한 생각이 들기 때문이다.

학교의 등굣길에 길 양쪽으로 나란히 줄을 선 채 활짝 핀 벚꽃들의 아름다움이 봄을 더욱 재촉하는 것으로 보인다.

그리고 노란 개나리꽃과 아름다운 벚꽃이 나의 발걸음을 멈추게 한다.

나는 내 마음속에 있는 작은 섬의 나라로 향하면서 학교에 가고 있었다.

매일 아침 나는 다른 학생들보다 1시간을 더 일찍 등교한다.

일 년간을 학교 본관 안에 있는 현관을 청소하기로 했기 때문이다.

한 이 주 정도 보이지 않던 교감 선생님께서 오늘 아침 출근을 하셨다.

나를 보시던 교감 선생님께서 아주 반갑게 인사를 하신다.

교장 선생님이 되시기 위해 연수를 다녀오셨단다.

나는 속으로 교장 선생님이 되실 자격이 있으시다는 생각이 들었다.

오늘은 토요일이기에 끝의 두 과목은 계발활동 시간이다.

과학 최애련 선생님께서 계발활동 담당을 하신다.

오늘도 과학 최애련 선생님께서는 나에게 어찌나 친절히 대하여 주시는지!

음악 유승희 선생님께서도 나에게 친절히 잘해주시는 것 같다.

오늘은 12시 30분에 집에 왔다.

이 선생님은 바로 조금 전에 출근을 하였나 보다.

나는 집에 온 즉시 빨래부터 세탁기에 넣어 빨래를 돌리기 시작한 후, 점심 식사를 하고 집 안 청소를 했다.

모든 일을 일찍 끝내야 한다. 이 선생님께서 집에 오시면 마트에 가서 한 달 먹을 치를 봐와야 하기 때문이다.

나는 한 달에 한 번씩 이렇게 많은 양의 음식을 사온다.

오늘은 마트에 가기 전에 문방구에 먼저 들러 수채화 도구를 샀다.

🖉 맑음. 2009. 4. 9. 목.

광주 전대 병원에 가던 날.

아침 7시에 광주로 떠나는 직행버스에 몸을 실었다.

버스 안에서 공부를 하겠다는 나의 생각과는 달리 몸이 피곤하여 잠이 든 것이다.

몸은 어젯밤에도 몹시 피곤하였다.

버스 안에서 도착지까지 갈 때까지 계속 잠만 잤으니….

전대 병원의 의사선생님 말씀은 나의 진단 결과에 나의 생각했던 것과 맞아 떨어졌다.

진단 결과에는 99%가 침샘이 없어졌다는 것이었고, 그리고 갑상선도 나왔단다.

나의 기억으로 약 14년 전의 일이다.

저녁에 갑자기 입안이 말라 버리는 것을 느낄 수가 있었었다.

그 후로는 말을 할 때마다 물이 필요했고, 음식을 먹을 때도 물 없이는 음식을 먹지 못하는 습관이 되어 버린 것이었다.

나는 그동안 나 스스로 나의 병을 만든 것 같다는 생각을 해본다.

오랜 직장 생활에서 어느 한 사람 내 마음을 알아줄 리 없는 줄 알면서도 남을 먼저 배려하고 양보하는 것이 나의 일상 습관으로 배어 있었고 가난 속에서 벗어나기 위해 그 얼마나 많은 몸부림을 치며 불안 속에서 살아왔던가?

남들이 비웃는 국제결혼을 한 여자라는 소리는 지긋하게 저주해왔던 나는 그 얼마나 남모르는 눈물을 흘렸던가!

전대 병원을 나와 시내버스를 타고 광주 광천 버스터미널로 향했다.

광주 광천 버스터미널에 도착한 나는 중학생 버스표를 구매한 후 곧 떠나는 버스를 탔는데 몸은 아직도 피곤하였다.

버스가 강진에 도착해서야 잠에서 깨어났다.

집에 와보니 어젯밤에 이 선생님께서 나 대신해놓은 수학 숙제를 보니 갑자기 콧잔등이 찡해져 오면서 그만 울어 버리고 싶은 심정이다.

전대 병원에서 4월 16일 갑상선에 대한 검사를 받아야 한다지만 나는 취소를 시켜버렸다.

학생의 입장으로 학생이 학교를 빠진다는 것이 어쩐지 선생님들 보기가 민망스럽기 때문이었다.

내가 살아온 미국의 Columbia 병원에서는 이렇게 복잡하지 않기도 하지만, 오늘따라 미국 Columbia 병원의 의사들이 더 친절하고 좋다는 생각이 들었다.

이렇게 피곤할 때마다 나는 이런 생각을 하게 된다.

고생 끝에 얻은 편안한 나의 보금자리를 놔두고 떠나올 정도로 그렇게 공부가 진정으로 하고 싶었단 말인가?

졸업장 때문일까?

미국에 있는 나의 가족에게 너무나 고맙고 미안하다는 생각조차도 하지 않고, 미국에서 편하게 살 수 있는 내가 왜 지금 이러고 있어야만 할까?

나는 지금 현재의 이 모든 것을 힘들게 직접 체험하고 그간 느낀 생각들을 꼭 한번 글로 써보고 싶다.

그간 내가 어떻게 살아왔는가를 그리고 내가 들어가 살아본 그 세계는 과연 어떠하였는지를 솔직히 말해보고 싶다.

사람이란 물론 각자가 자라온 환경과 배경이 다르다는 것을 모르는 내가 아니다.

나에게 독자가 생긴다면 난 그들에게 이런 말을 해주고 싶다.

"돈이 인생의 전부는 아니지만 그래도 돈이란 우리가 살아가는 동안 필수품이 아니겠는가?"하고 분명히 말해주고 싶다.

돈보다는 사람을 잘 택하라고, 오늘따라 내 마음이 우울하다.

하지만 참고 견딜 것이다.

항상 그렇게 해왔듯이 오늘이 피곤하면 내일은 괜찮겠지.

긴 통로를 걸어온 나의 지난날들 언젠가는 나의 일기장도 빛을 볼 때가 있겠지….

나는 오늘 밤에도 이 선생님에게 수업을 받았다.

맑음 2009. 4. 19. 일.

아침부터 수학 공부에 들어갔다.

밤마다 술만 마시는 이 선생님한테 좀 투덜댔더니 이른 아침부터 수학 공부를 하자고 한다. 그간 시간 관계로 인해 존경하는 강현옥 선생님을 만나지 못했는데 오늘은 장터에 있는 식당에서 만나기로 하였다.

여태까지 메일 답장도 못 하고 죄송스런 마음에 오늘은 강현옥 선생님이랑 함께 식사하기로 했고 아침에 수학 공부를 하는데 한송이가 우리 집에 왔다.

나는 하던 공부를 접어야 했다. 한송이를 데리고 이 선생님과 함께 장터로 갔다. 장터에 돌아다니면서 장도 보고 이제 식당으로 갈 시간이다.

강현옥 선생님과 만날 시간이라 식당 안으로 들어서는데 식당 안은 손님들이 많아 북적거렸지만 맛있다는 팥죽 냄새보다는 소박한 시골 어머니 손맛 내음이 물씬 풍기는 어머니 냄새랄까. 갑자기 어머님이 그리워진다. 언제 봐도 항상 싱글벙글 웃음이 많은 강현옥 선생님이 식당 안으로 들어오신다.

오랜만에 만난 우리들은 맛있는 팥죽보다는 밀린 얘기를 하였다.

항상 고맙게 챙겨주시는 강현옥 선생님!

당신을 진실로 사랑하고 존경합니다.

✐ 비 2009. 4. 24. 금.

우리 반 담임 박재홍 선생님께서는 총각이시다.

연세는 30살 모든 세상 사람들이 우리 담임선생님처럼 착하다면, 법이 필요 없을 정도로 착한 분이시다.

기술과목을 가르치시며 반 아이들에게 잘하시다 보니 반 아이들이 담임선생님께 말대꾸는 물론이고 소리를 지르기도 한다.

담임선생님이 교실 안에 들어오시지 못하게 교실 문을 안에서 잠가버린다.

어른인 나로서 그런 장면을 목격할 때마다 안타깝다는 생각이 들지만 난들 어떻게 할 도리가 없다.

다음 주에 있을 중간고사 시험 문제를 가르쳐주시는데 반 아이들이 어찌나 떠들어대는지 내 귀가 따가울 정도이다.

요즘 세상은 음식이 좋아 아이들 성장 과정에 도움이 되고 사춘기마저 빨리 오는데 철없는 애들 마음은 아직도 산 너머에 있단 말인가?

좀 더 솔직히 표현하자면 요즘 아이들은 공짜를 좋아하고 이기적인 것 같다.

오늘도 담임선생님께 함부로 대하는 애들에게 선생님께서 이렇게 말씀하신다.

'야, 너네들 좋으라고 이런 말을 해주는 건데 왜 말을 듣지 않냐?'

그때 한 여학생이 자리에서 일어나 뒤로 가더니 조그만 종이쪽지를 선생님 등 뒤에 붙여놓고서 제자리로 돌아가 앉는다.

그때 애들 몇 명이 깔깔대고 웃는다. 선생님께서는 무슨 영문인지를 모른다.

그때 그 쪽지가 교실 바닥에 떨어진다. 나는 자리에서 일어나 그 떨어진 종이쪽지를 주워왔다.

자리에 돌아와 읽어보고서 애들 하는 짓이 하도 철이 없어서 안타까웠다.

그때 내 곁으로 와서 쪽지를 달라고 손을 내민다.

나는 줄 수 없다고 말하고는 책가방 속에 넣어버렸다.

요즘 한국 교육이 멍들고 있지 않은지 걱정스럽다.

요즘 학부모들은 자신의 자식들만 똑똑하고 공부 잘하면 된다는 한심한 사고방식을 가졌다. 공부를 잘하는 것도 좋지만 인성교육은 어디로 갔단 말인가?

요즘 부모들이여! 제발 인성교육에 신경 좀 써주시길!
자기 자식은 자신이나 예쁘지 남들 눈에는 안 예쁜 법이거든요.
"고슴도치도 자기 새끼는 예쁘다."라는 옛 속담도 있다.
학부모님들이여! 때로는 학교 청결에도 신경 좀 써주시기 바랍니다.
한국 학교는 대부분 겉은 멀쩡해도 화장실 위생 상태는 엉망이다.

✎ 비 2009. 6. 3. 수.

오늘은 마음이 약간 우울하다.
그리고 나 자신에게 또 질문을 던진다.
'내가 꼭 공부를 해야 되나?'
한국에서는 예전이나 지금이나 여전히 영어 바람이 불고 있다.
그 바람은 이곳 시골인 강진까지 몰고 왔으니 영어 학원도 무척이나 많다.
한국 어떤 아이들은 미국으로 유학을 가고 싶어 하는데, 나는 반대로 역 유학을 한 셈이다. 이런 내가 자주 후회된다.
아직까지는 적응하기가 힘들어서일까?

하는 공부가 힘이 들어서일까?

아니면 철없는 아이들과 함께 서로가 밀고 밀리면서 새치기를 하는 애들도 많다.

만약에 내가 학부모님이라며 공부도 중요하지만 온종일 공부하느라 힘든 자식들에게 점심시간이나마 잠시라도 편히 앉아서 먹게 할 수는 없을까?

점심을 먹기 위해 어린애들 틈에서 줄을 선 채로 매일 이렇게 겪어야 하는 점심시간은 곤욕을 치르는 것과 같다.

✎ 맑음 2009. 6. 4. 목.

나는 문학을 좋아한다. 내가 미국에 가기 전엔 책도 많이 읽었다.

문학을 좋아하다 보니 지금 현재 나에게 일어난 모든 일이 현실화되지 않았나 싶다.

헌데 복학을 하고 막상 학교에 들어와 공부를 직접 해보니 문학이 쉽지 않다는 것을 느낄 수가 있었다.

국어 신생님께서는 비록 시골 아줌마처럼 생기셨지만, 이모님의 향내음을 풍기는 언제라도 가까이 다가갈 수 있는 정이 듬뿍 담긴 선생님은 공부도 꼼꼼히 잘 가르쳐주신다.

그리고 우리 반에 들어오시는 사회 선생님은 두 분이시다.

한 분은 엄포만 할 뿐 공부는 뒷전이다.

헌데 박미은 사회 선생님은 젊지도 않고 연세에 비해 아직도 아름다운데 어디서 그런 많은 에너지가 솟아나는 것일까?

수업 중에 때로 정치에 대한 말씀도 서슴없이 하신다.

일제강점기 때 있었던 역사라든지 지금 현재 일어났던 노무현 전 대통령에 대한 말씀도 열심히 가르치시는 선생님께 나는 질문을 드리었다.

내 질문과 함께 선생님은 지도에 대한 말씀을 하시다가 흑산도에서 태어나서 장학생으로 뽑혀 목포에서 하숙하시면서 학교에 다니셨다고 말씀을 하신다.

집안 형편이 어찌나 가난하였던지 지금도 그 옛날 기억을 잊지 못하신다는 사회 선생님을 정말 존경한다.

🖉 맑음 2009. 6. 11. 목.

내가 어릴 적 서울에서 살 때의 기억으로 되돌리게 되면 그때는 교복을 입은 여학생들이 어찌나 부럽던지 꼭 한번 입어보고 싶었던 생각이 지금도 내 머릿속에는 그렇게 남아있다. 헌데 그 기억이 현실로 되돌아왔는데 막상 교복을 입고 거울 속 나를 들여다보니 너무 늦었다는 죄책감이 앞선다.

사람 역시 꽃이나 식물과 다를 게 뭐가 있을까! 꽃이 피었을 때는 지나가는 사람들의 눈길을 끈다. 식물도 늙으면 열매가 맺지 않듯이 교복을 입은 거울 속의 나를 볼 때는 기쁨과 설렘보다는 초라하다는 생각이 든다. 오늘은 방과 후가 있는 날이다.

목요일의 방과 후는 내가 좋아하는 과학 최애련 선생님을 만나게 된다.

하지만 오늘은 기분이 좋지 않은 것 같다. 어제 있었던 조그마한 일이었지만 나는 도덕 시간만 되면 짜증이 나기 때문이다.

도덕을 가르치시는 선생님은 도덕을 제대로 가르치는 것 같지가 않다는 생각이 들기 때문이다.

방과 후 과목에는 최애련 선생님께서 오신다.

최애련 선생님께서 연세는 50인데 나에게 어찌나도 친절히 대해주시는지 오히려 언니같이 친근감이 든다.

월요일 날 방과 후 끝났을 때 최애련 선생님께서 내게 조그마한 봉지를 건네주시려고 하실 때 난 교실 안에서 빨리 뛰어 복도로 나갔다.

선생님 역시 복도까지 빨리 뛰어 나와 내 책가방을 붙잡는다.

그때 다른 아이가 선생님을 부른다.

나는 그때 복도를 빠져나와 집으로 향했다.

헌데 오늘도 그 봉투를 가지고 오셨다.

최애련 선생님은 주말에 완두콩을 사다가 집에서 부부께서 완두콩을 까셨단다.

내 생각이 나서 완두콩을 가져오셨다면서 봉투를 건네주신다.

과학 최애련 선생님은 모든 학생들에게 엄마 같은 선생님이시다.

어젯밤에는 이 선생님과 함께 서점에 들러 사회 자습서와 수학 자습서를 샀다.

교과서 자습 책을 다 사려고 했더니 책이 다 팔리고 없었다.

오늘 아침에 아이들 몇 명이 어제 일로 인해 교실 안은 냉기가 감돌았다.

권영숙, 그리고 몇 명 아이들에게까지 속닥거리지만 철없는 아이들 일에 관여하고 싶지 않았다. 첫째 수업 시간은 영어기에 나는 자습을 하고 있었다.

애들이 무서우면 6천 마일의 태평양을 건너 이 자리까지 오지 않았을 것이다.

셋째 시간은 수학 이동수업이다.

1학년 4반 교실로 갔다. 맨 가운데 줄인 두 번째 줄에 나는 항상 그 좌석에 앉는다.

맨 앞에 앉아있는 1학년 4반인 그 반에서 체격이 제일 적은 아이 이름은 영숙이다.

권영숙과 함께 나란히 앉은 아이는 유지우이다.

헌데 영숙이와 지우는 1학년들에게 왕따를 당하는 아이들이다.

내가 교실에 들어서자 영숙이는 조그마한 신문 쪽지를 손에 들고서 풀칠을 하는 중이었다. 숙제를 하는 것 같았다.

헌데 그때 김숙자과 두 명이 권영숙 곁으로 다가오더니 손으로 영숙이 머리를 때린다.

갑자기 맞은 영숙이는 머리가 아픈지 고개를 돌려 뒤를 본다.

그때 애들은 왜 쳐다보니 또 때리기 시작한다. 둘이서 영숙이를⋯. 그만 고개를 책상 위에 엎드린 채로 울고 있는 것이다.

그런 영숙에게 몇 마디 던져주고 애들은 제자리로 돌아간다.

어른인 나로서 약한 영숙이를 돕지 못함이 가슴이 아팠다.

그때 수업종이 울리고 수학 김은하 선생님이 들어오시고 곧바로 수업에 들어갔으나 맨 앞줄에서 조용히 흐느껴 우는 영숙이의 흐느낌 소리를 김은하 선생님이 들으신 모양이다.

"영숙아, 너 왜 울어? 이건 뭐 일주일에 두 번 내지 세 번은 우니 어떻게 된 거야?"

하지만 어느 누구 하나 어떤 일이 있었다는 말을 하는 애가 단 한 명도 없었다.

선생님 말씀이 "영숙아, 너에게도 잘못은 있는 거야. 맞지만 말고 한 번쯤은 너도 싸워봐."

하지만 말이 쉽지 작은 체구로 한 명도 아닌 애들과 어떻게 싸울 수가 있을까?

4교시가 끝나고 점심을 먹은 후 교실로 돌아온 우리들.

나는 책상에 앉자 내일 할 공부 예습을 하고 있는데

그때 "춘,"하고 부르면서 이효심이가 내 곁으로 다가온다.

"체육 선생님께서요.

우리 반한테 형성평가 숙제를 내 주셨는데요.

그런데요. 저희들은 체육 선생님께서요.

숙제를 내주지 않은 걸로 알고 있어요.

춘 생각은 어떠세요?"

그때 애들 여러 명이서 내 곁으로 우르르 몰려온다.

"춘, 우리 반 전부 다 빵점이래요. 빵점요."

애들은 어쩔 줄 몰라 한다. 내 도움이 필요하단다.

나도 학생 입장인데 나에게 무슨 힘이 있다고. 하지만 잠깐 내가 체육 숙제를 한 기억이 없었다. 그때 나는 내가 매일 적고 있는 숙제 스케줄 메모를 꺼내어 애들하고 함께 몇 번이고 점검하고 확인을 해 봤으나 체육에 관한 숙제는 적혀있지 않았다.

애들이 벌써 신이 난 모양이다.

"춘께서 말씀하세요. 여기 증거가 있잖아요."

요 어린 꼬마 아가씨들 좀 봐라.

어제만 하여도 분명히 나더러 지네들은 어린아이가 아니라더니 이제 내게 도움을 청한다.

지금 말하고 있는 효심이는 공부도 잘하고 인성교육이 잘되어 있으며 전혀 말썽을 피우지 않는 착한 학생이다.

이효심 역시 말없이 공부 잘하는 얌전한 학생이다.

애들은 내 달력을 가지고 가서 체육 선생님께 보여드리자고 한다.

우리는 그렇게 체육실로 갔다.

체육 시간이지만 요즘은 체육 시간에 시험공부를 하라고 하신다.

체육 선생님 연세는 52세이며 보기에는 남자 같으면서도 여자답고 성격이 좋으신 분이다. 애들하고 체육관에 들어서니 이미 여러 명의 우리 반 애들이 체육 선생님께 꾸중을 듣고 있었다.

체육 서생님께서는 분명히 숙제를 내 주었는데 너희는 무슨 말이냐고 하신다.

다른 반들은 숙제를 이미 제출했는데 너네들 반만 단 한 명도 숙제를 해오지 않았단다.

나는 선생님 말씀이 다 끝날 때까지 조용히 기다렸다.

체육 선생님은 속이 좁으신 분이 아니란 걸 나는 알고 있기 때문이다.

선생님 말씀이 끝나자 나는 반 아이들더러 자리를 비켜달라고 눈치를 보냈다.

나는 체육 선생님 곁으로 다가갔다.

먼저, "선생님 죄송해요. 그런데 이상하지 않아요? 단 한 명도 숙제를 해오지 않았으니 말이에요."

그리고는 내가 매일 숙제를 적어놓는 기록장을 보여드렸다.

선생님께서 내 숙제 기록장을 쓰윽 보시더니 전라도 사투리로,

"오메, 내가 잊어먹을 때도 잊긴 하는데 저 애들은 다른 반 애들이 숙제하는 것을 보면서 왜 나에게 묻지 않았냐?"라고 묻는다.

그리고 선생님 말씀이 다음 수요일 점심때까지 숙제를 해와야 한다는 말씀에 반 아이들은 일제히 손뼉을 친다.

수업이 끝나고 집에 가기 전에 과학 최애련 선생님께서 과학 학습 책, 세 권을 내게 주신다. 법 없이도 살아가실 착하신 선생님!

내 진정으로 당신을 존경합니다.

음악 유순희 선생님께서도 항상 내 곁을 지켜주신다.

✐ 맑음 2009. 6. 25. 목.

요즘에는 시험공부 하느라 일기 쓸 시간도 없는 것 같다.

오랜만에 일기를 쓰는 기분이다.

지난주에 있었던 사소한 일들은 모두 날려 보내기로 하였다.

어제는 도덕 선생님과도 어느 정도 괜찮아진 느낌이 든다.

도덕 선생님께서도 사람인데 누구나 다 양심은 있기 마련이기 때문이다.

그리고 유효순이는 우리 반에서는 체격이 제일 큰 아이로서 아빠와 할머니랑 함께 사는데 성격이 좀 괴팍한 아이이다.

효순이의 주변에는 항상 몇 명의 아이들이 맴돌고 있다.

성인으로 표현하자면 효순이는 항상 우두머리였다.

그런 효순이를 달래주어야만 내 마음이 편할 것 같다.

아직도 내 갈 길은 멀기만 한데 어린애들의 적을 만들어 좋을 게 하나도 없다는 생각에 나는 맛있는 사탕과 과자, 콜라 등을 사다가 효순에게 줬더니 애들은 애들인가 보다.

이제는 그 애들도 언제 그런 일이 있었냐는 식이다.

그래 어떡하랴! 나이 많은 내가 참아야지.

언젠가는 그 애들은 먼 훗날 나를 이해 해줄 날이 있겠지.

강진여중에 근무하시는 선생님들께 내가 보답할 수 있는 것은 공부를 좀 더 열심히 하고 항상 모범을 보임으로써 학교에 잘 적응하는 게 좋을 것 같다.

오늘은 국어 시간에 시험공부를 하고 있는 나에게 국어 최 의원 선생님께서 대단하다고 하신다. 모든 배려도 싫다 하시고 학생들과 똑같이 공부하시는 모습에 나를 존경한다는 국어 선생님 말씀이 많이 위로가 되었다.

그리고 나더러 자서전을 써보라고 말씀을 해주신다.

오늘이 마지막 보충수업 반이 끝나는 날이다.

헌데 국어 최의원 선생님과 과학 선생님도 반 아이들에게 아이스크림을 사 주셨는데 어느 아이 하나 고맙다는 말 한마디는커녕 당연하다는 듯 아이스크림을 먹는다.

한국이 뭔가 변했어도 아이들 인성교육이 없어진다는 게 너무 아쉽다는 생각이 든다.

지금은 일기 쓰는 것보다는 시험공부 한자라도 더 배워야 할 것 같다.

✎ 비 2009. 7. 15. 수.

〈전대병원에 가던 날〉

이른 아침부터 장대 같은 비가 내리고 있었다.

이 선생님께서 버스터미널까지 차로 데려다 주셨다.

전대병원에 가기 위해 이곳 터미널에서 아침 7시 45분에 출발하는 버스를 탔다.

비는 여전히 내리고 있었다.

버스는 1시간을 넘게 달려 광주 버스터미널에 도착하였고 나는 택시를 타고 전대병원에 갔다. 병원에 들어선 나는 1층에 있는 원무과로 가서 번호표를 뽑은 후 차례를 기다렸다.

내 차례가 되자 원무과에서 절차를 밟은 후 돈을 내고 2층으로 갔다.

2층에서 의사를 만나본 후 갑상선 치료를 받아야 하기에 또 다른 곳으로 갔다.

그곳에서는 다음 주 수요일 날 의사를 볼 수가 있단다.

다시 1층에 있는 원무과로 가서 아까처럼 순서를 기다려야 한다.

병원에서 이곳저곳 가는데 원무과에 다섯 번을 오늘 똑같은 방법으로 다녀야 했으니 마음도 몸도 몹시 지쳐버렸다.

다음 수요일에 다시 오기로 예약을 하고서 전대병원을 걸어 나왔다.

✎ 흐림 2009. 7. 18. 토.

오늘 아침에는 미국에 있는 내 단골 여행사에 전화를 했다.

남편 비행기 표를 예약하기 위해서다.

미국에서 남편이 비행기 표를 예약하는 것보다는 내가 시간 스케줄을 잡아야 하기 때문이다. 비행기 표 가격은 물론 미국 집에서 남편이 지불을 하지만, 이제 9월 25일 아침 5시에 남편은 인천국제공항에 도착한다.

남편 비행기 표 예약을 다 마친 후 나는 미국에 있는 남편에게 스케줄을 알려주고서 오늘은 짧은 여행을 떠났다.

완도에 있는 명사십리 해수욕장에 뉴질랜드에서 온 원어민 영어강사와 이 선생님, 그리고 나 셋이서 이 선생님 자동차로 해수욕장으로 떠났다.

🖉 비 2009. 7. 19. 일.

오늘은 모처럼 장에 가려고 어젯밤 계획을 세웠던 것과는 달리 아침 식사를 끝내자 갑자기 몸의 피로와 짜증이 몰려왔다.

지난 일요일부터 오늘까지 갑상선 약을 못 먹었기 때문이다.

이유는 7월 22일 날 갑상선 검사를 받으러 가야 하기 때문이다.

갑상선이 있다는 것을 알게 되면 보험회사에서 병원비를 내주지 않는단다.

작년에 미국에서 올 때 내 주치의가 갑상선 약 1년 치를 처방해줬기 때문에 아직까지 그 약으로 버텨왔는데 이제 그 약마저 얼마 남지 않아 곧 떨어지게 된다.

나는 걱정이 많이 되었다.

겨울방학 때 잠시 며칠 만 집에 다녀온 바람에 내 주치의를 만나지 않고 왔기 때문이다. 내일은 광주에 있는 전대병원에도 가야 하고 솔직히 말하자면 발 통증은 참을 수 있어도 갑상선 약 없이는 살지 못할 것 같았다.

내가 갑상선이 있어 지금 현재 나는 갑상선 약을 먹고 있다는 말을 하면 의사는 곧바로 내 갑상선을 찾기가 쉬울 텐데. 하여튼 오늘은 모든 것을 취소하고 집에서 푹 쉬기로 했다.

✎ 맑음 2009. 7. 22. 수.

아침 일찍 버스를 타고 광주로 갔다.

초음파 검사 결과와 갑상선 결과가 나오는 날이다.

전대병원에서 의사를 만나기 위해 기다리는 무수히 많은 사람들 틈에서 내 차례를 기다리면서 간호사 옆에 서 있는 사람들이 신고 있는 구두를 무심코 쳐다보고 있었다.

그렇게 얼마 동안을 쳐다보았을까?

그때 한 분이 목이 짧은 스타킹을 신은 발목에 내 눈이 멈추었다.

유심히 바라보면서 어디선가 본 듯한 기억과 함께 내 눈이 그 발목에서부터 천천히 다리로 그리고 몸을 쳐다보게 되었다.

그리고 이제 내 눈이 그분 얼굴에 머물게 되었을 때 내가 강진여중에서 제일 좋아하는 과학 최애련 선생님이 아니신가?

나는 자리에서 일어나 선생님 곁으로 다가가 선생님 손을 살짝 잡았다.

고개를 돌려 나를 보신 선생님은 누가 먼저랄 것도 없이 꼬옥 껴안았다.

어찌나 반갑던지 친언니를 만난 것처럼 반가웠다. 법 없이도 사실 착한 선생님을 여기서 뵙다니….

선생님은 방학 기간에 몸 체크를 하시러 전대병원에 오셨단다.

의사를 만날 내 차례를 기다리는 동안 선생님은 본인이 마시려고 가져온 주스를 핸드백에서 꺼내서 내게 주신다.

나는 피검사를 곧 해야 하기에 아무것도 먹을 수도 마실 수도 없다고 했더니 막무가내로 나중에 마시라고 내 가방 속에 넣어주신다.

선생님 차례가 되어 먼저 교수님을 뵙고 나오신 선생님은 내 차례가 될 때까지 기다려주신다. 교수님 실에 들어가기 바로 전에 내 핸드폰 소리에 받아보니 전대병원의 정형외과 의사란다. 내일 발 수술을 해도 된다는 것이었다.

갑상선 때문에 교수님을 뵙고 나서 이번에는 정형외과로 갔다.

정형외과에서는 그저께 초음파 검사를 한 사진을 보여주면서 내 발 속에는 유리 조각이 들어있단다.

교수님 말씀이 얼마 동안을 이렇게 두었는지 물으신다.

한 40년 정도요.

교수님이 "예?"하고 깜짝 놀라신다.

한국에서도 이렇게 오랫동안 두고 살지 않는데 미국에서 사셨다는 분이 나더러 무던한 사람이란다.

초음파 사진을 들여다보니 정말 유리 조각이 있는 것이 보였다.

내일로 잡았던 수술은 컴퓨터를 보시던 교수님은 수술할 수가 없단다.

내 갑상선 기능 저하가 나왔기 때문에 온몸 전신마취를 하려면 갑상선 담당 교수님의 허락을 받아야 한단다.

발 수술은 다음으로 미뤄야 했다.

착하신 최애련 선생님은 집에 가시지 않고 계속 나와 함께 다니신다.

병원 안에 있는 구내식당으로 가서 점심 식사를 마치고 여러 곳에 다니면서 검사를 받는 동안 최애련 선생님께서는 아직까지 한국병원에 익숙하지 못한 나를 끝까지 도와주시고 강진으로 가는 버스를 타기 위해 광주 광천터미널까지 직접 바래다주셨다.

그런 선생님이 어찌나 고맙던지….

✏ 비 2009. 8. 20. 목요일.

〈광주 전대병원에서 발 수술을 하던 날〉

새벽 일찍 일어나 샤워부터 했다.

수술에 들어갈 준비를 한 것이다.

나는 솔직히 말해 한국 의학 기술에 믿음이 가지 않았다.

내가 1973년 미국에 이민 가던 그 시절에는 한국 의학이 별로 좋은 시절이 아니었기 때문이다. 그러나 이틀 전 입원실에 처음 들어오던 날, 간호사들과 병원에서 근무하는 모든 분이 모두 다 친절하고 자기가 맡은 업무에 열심히 움직이는 모습들이 아름다웠다.

아침 8시 15분에 간호사들은 나를 수술실로 데려갔다.

그리고 수술실로 들어가는 복도 쪽문을 막 들어서는 순간 이 선생님께 맡겨놓은 내 핸드폰이 울린다.

남편한테서 온 전화임을 알 수가 있었다.

그리고 나는 수술실 안으로 그렇게 옮겨졌다.

수술실 안에는 간호사들이 이미 와서 수술 준비에 바쁘게 움직이고 있었다.

녹색 옷과 녹색 모자들 모든 것 대부분이 녹색이었다.

두 사람의 도움으로 내가 누워있는 침대에서 수술대로 옮겨졌다. 양쪽 팔을 벌린 기억밖에 나지 않는다.

그리고 눈을 떴을 때는 몇 시인지 모르겠으나, 내 곁에는 과학 최애련 선생님과 간호사가 있었다. 아직도 마취에서 완전히 깨지 않았으나 과학 최애련 선생님에게 미안한 생각이 들었다.

개학을 며칠 앞두고 집안일과 개학 준비로 바쁘실 텐데 삼 일째 병원에 와 주시는 선생님 보기가 너무 미안한 마음이었다.

강진에 있는 집에 잠깐 다녀오겠다던 이 선생님께서는 아직 오시지 않았나 보다.

나는 입원실로 옮겨지고 얼마쯤 지났을까?

이 선생님께서 오셨다.

곳 서울로 올라가겠단다.

그리고 빈손으로 입원실에 들어온 이 선생님을 보자 갑자기 눈에서 눈물이 나왔다.

양쪽 발을 수술받게 한 장본인인 이 선생님은 서울에 가야 한다면서 그리고 발 수술이기 때문에 얼마든지 먹을 수 있는데 그것도 빈손으로 오다니.

역시 가족의 사랑이 더 낫다는 생각에 미국에 있는 가족이 보고 싶어졌다.

누구 도움을 받으라고 그렇게 서울에 빨리 가야 한단 말인가?

그래서 남이란 다 필요 없다는 말인가 보다.

과학 선생님께서 포도와 주스, 그리고 죽까지 끓여서 오셨다.

🖊 맑음 2009. 8. 21. 금.

오늘 아침에는 사촌오빠와 내가 사촌오빠에게 소개해준 이복순이라는 여자분이 함께 병문안하러 다녀갔다.

사촌오빠의 연세가 70이 조금 넘었는데 아직도 데이트를 즐기시는 멋쟁이이다.

그리고 과학 선생님께서 또 오셨다. 오후 늦게는 음악 유순희 선생님께서도 병문안을 오셨다. 선생님과 서로 재미있는 얘기를 하다가 내가 갑자기 화장실에 가고 싶어 하자 음악 유순희 선생님께서 복도로 나가시더니 휠체어를 가져오셨다.

나는 간신히 자리에서 일어나 휠체어에 앉았다.

그리고 음악 선생님이 휠체어를 밀고 화장실에 갔다.

화장실에 들어가 변기를 보려는데 변기에 묻어있는 대변 때문에 변기에 앉을 수 없었다. 그러자 음악 선생님이 화장실을 나가시더니 어디서 빨간 작은 대야를 빌려오셨다.

그리고 수도꼭지에서 뜨거운 물을 받아다가 변기 위를 깨끗이 닦아주신다.

선생님께서 변기 위를 닦으신 후 나는 휠체어에서 간신히 일어나 변기에 앉았다.

이제부터 내 소동이 시작되었다.

수술하기 며칠 전부터 나 혼자서 식사를 하느라고 균형 있는 식사를 제대로 하지 못한데다 병원 입원하던 날부터 입맛이 떨어져 식사를 소홀히 했다. 그리고 수술 날에는 병원에서 금식을 시켰다.

그동안 3일간을 변을 보지 못한 것이다.

평상시에도 이 정도 대변을 보지 않으면 나는 고생을 많이 하기 때문에 항상 야채를 많이 먹고 과일을 많이 먹어야 변비에서 탈출할 수가 있다.

헌데 병원에 입원해 있는 환자가 가족도 없이 과학 최애련 선생님께서 열심히 병간호를 해주시고 계시는데 거기다 대고 "저는 과일과 야채를 좋아해요."하고 어떻게 말씀을 드릴 수가 있겠는가?

변기 위에 앉은 채 대변을 보겠다고 제아무리 힘을 줘 보지만 곧 나올 것만 같았던 변이 나오기는커녕 토끼 똥만 한 똥덩이만 퐁 하고 떨어졌다.

계속 변기 위에 그렇게 앉아있는 나더러 음악 선생님께서는 1분이면 변을 볼 수 있다는 약을 사오시겠다면서 나가셨다.

그렇게 하지 않아도 된다는 내 말을 허공에 남긴 채 화장실을 나가신 유순희 선생님은 얼마 후 간호사 한 분과 함께 오셨다.

유순희 선생님이 밖에 있는 약국들이 이미 시간이 늦어서 문을 닫았단다.

선생님께서 간호사의 도움을 청하신 모양이다.

그런 간호사를 돌려보내고 선생님께서는 변기를 깨끗하게 닦아놓으셨다. 내가 발 수술 후 신고 있는 교정 신발이 젖을까 봐 휴지로 닦아놓은 바닥을 뒤로 한 채로 우리는 다시 병실로 돌아갔다. 그때 내 핸드폰이 울린다.

서울 강남터미널에서 고속버스를 타고 지금 광주로 오고 있다는 이 선생님의 전화였다.

이제 개학이 며칠 남지 않아 바쁘신 유순희 선생님께 집에 가시라고 말씀드렸으나 이미 주무시고 가실 준비를 해오셨단다.

이 선생님이 오고 있으니 늦게 집에 가시겠단다.

그리고 우리는 스승과 제자 사이를 떠나 이런저런 얘기를 하였다.

그때 다시 화장실을 가고 싶었다.

선생님께서 자리에서 일어나신 후 복도에 가서서 휠체어를 가져오시고 다시 화장실에 간 나는 결국 변을 보게 되었다.

휠체어에 나를 태운 음악 선생님은 휠체어를 싱크대 옆에 바짝 갔다 대었지만 내 손은 비누와 물이 닿지 않는다.

그때 유순희 선생님은 자기 손에 비누를 묻혀서 손수 내 손을 닦아 주신다.

고마운 선생님!

그리고 존경하는 선생님! 강진여중에 근무하는 훌륭한 선생님들께서는 진짜 어버이 같은 마음으로 제자들을 사랑하신다.

선생님들의 많은 사랑을 받게 됨을 다시 한 번 감사 드리며, 선생님들, 정말 감사합니다.

밤 12시쯤 병원에 도착한 이 선생님은 황소처럼 씩씩거리면서 화가 잔뜩 나서 입원실에 들어오는데 한심하다는 생각이 들었다.

🖊 맑음 2009. 8. 24. 월.

내가 병원에 입원하고 있으면서 한국과 미국의 차이점을 알게 되었다.

미국은 환자가 입원해 있는 동안 면회 시간을 철저히 지켜 환자에게 피해를 주지 않는데, 한국은 말로는 병원 규칙이 정해져 있다고는 하나 환자 가족들이나 친구들이 무대포로 면회를 오는가 하면 입원해 있는 환자와 함께 생활하고 있어 때로는 다른 환자에게 피해를 줄 수도 있었다.

그리고 환자 병문안을 올 때에는 온 가족이 나들이라도 온 것처럼 함께 먹고 웃고 어찌나 떠드는지 다른 환자에게 분명 피해를 주고 있다.

그와 반대로 좋은 점도 있었다.

예를 들어, 환자 가족이 먼 곳에서 병문안을 왔을 때 당일로 돌아갈 수 없을 때는 입원실에서 입원해 있는 환자와 함께 생활을 하여도 병원 측에서는 아무 말을 하지 않는다.

입원해 있는 환자 역시 외롭지 않아서 좋고 이게 바로 동방예의지국의 정이라는 걸까?

참 좋다는 생각이 들었다.

하지만 한가지 불편한 게 있다면 화장실이 마음에 들지 않았다.

지금 입원해 있는 대부분 환자들이 휠체어를 타고 다니며 환자들 가족 수가 환자들보다 많은데도 여자용 화장실은 단 하나.

그 화장실에는 변기가 3개뿐인데 그중 오직 하나만이 휠체어를 탄 환자가 쓸 수 있는 것이다.

그 변기 하나만 있는 것도 이해는 할 수 있다지만, 하루에도 수많은 환자들이 변기를 사용하려면 넘어지지 않기 위해서 변기 양쪽 벽에 붙어있는 손잡이에 의지해야 한다.

헌데 변기에서 볼일을 보고 난 후에는 환자인 나는 손을 씻을 수가 없었다.

환자일수록 더 청결해야 하는데 환자 입장을 생각지 않고 정상인들만이 사용할 수 있도록 싱크대처럼 되어있다는 게 아쉬웠다.

오늘 밤에도 음악 유순희 선생님과 과학 최애련 선생님께서 포도 1박스와 과자 등을 가지고 병원에 오셨다.

내일이 개학이고 오늘도 학교에 출근하셔서 바쁘실 텐데 병원에 또다시 와주시는 두 선생님께 진실로 감사하다는 말씀을 드리고 싶다.

　'선생님, 감사합니다.'

✏️ 맑음. 2009. 8. 26. 수.

어제 오후에 12살 먹은 남자애가 다리에 금이 가서 내가 입원해있는 입원실에 입원하게 되었다.

다른 환자들 수술이 끝나는 대로 그 남자애 수술을 하게 된단다.

들어가게 된 것은 밤 9시쯤이었다.

남자애를 수술실에 데려가기 위해 여러 간호사들이 동원되었다.

그리고 밤 11시가 넘어서야 나는 겨우 잠이 들었다.

내가 입원해 있는 병실은 3인실이다.

다른 환자 이름은 고희경, 9살 먹은 귀여운 여자아이다.

고희경 보호자인 아버지께서도 입원실에서 함께 생활하시고 나를 보호해주는 이 선생님 역시 함께 병실에서 생활하신다.

어제 들어온 12살짜리 남자아이 이름은 이석현. 오늘 밤 9시쯤 수술실로 옮겨진 이석현이는 새벽 1시 50분에 다시 입원실로 옮겨졌다.

수술을 마친 이석현이가 입원실로 돌아오는 것까지는 좋았다.

수술을 마친 석현이 곁에는 외할아버지를 비롯하여 엄마, 아빠, 그리고 석현이 여동생. 석현이를 중환자실에서 입원실로 옮겨올 때 환자 곁에 따라오는 간호사들이 입원실 안으로 들어왔다. 입원실 안은 새벽 1시 50분임에도 전등을 환하게 켜놓아 대낮 같았고 다른 환자들 입장은 전혀 고려하지 않았다. 간호사들이 바쁘게 움직이면서 환자 보호자에게 수술 후 신경 쓸 것들에 대한 설명과 함께 혈압을 재고 피를 뽑은 후 체온을 재었다.

다른 환자들 입장을 전혀 고려하지 않는 간호사에게 한마디 하였다.

"다른 환자들 입장 좀 생각합시다."

아예 중환자실에서 있다가 아침에 입원실로 옮겨오면 되는 건데….

간호사는 "이 애가 수술을 해서요."

"간호사님, 그러니까 중환자실에 있다가 올 것이지 지금 잠들어 있는 다른 환자들은 잠을 잘 보호를 받을 권리가 없다는 겁니까?"하고 간호사에게 물었다.

간호사는 그저 미안하다고만 하였다.

한국은 성장이 너무 빨라 선진국에 들어섰다고는 외치지만 아직도 갈 길이 멀기만 하다는 생각이 들었다.

오늘 새벽에 있었던 일은 남을 배려할 줄 모르는 무대포식 한국인 습관이 아직 남아있다는 증거다.

그리고 환자들이 입원해 있는 병원에서 청소하는 아주머니들은 화난 모습보다는 밝은 표정으로 환자들을 대했으면 한다.

헌데 새벽에 있었던 일로 나에게 미안한 생각이 들었을까?

아침 식사가 나오기 전에 간호사 한 분이 입원실로 왔다.

어제까지만 해도 입원해 있는 환자는 유방 검사와 자궁 검사를 분명히 받을 수 없다고 들었는데 오늘은 검사를 받게 해주겠단다.

솔직히 속으로 걱정하고 있던 차여서 전대병원 규칙이 어떻게 돌아가든 나는 알 바가 아니었다. 오늘 검사를 받게 해준 전대병원에 그저 고마울 뿐이다.

✎ 호리. 2009. 8. 27. 목.

아침에 남편한테서 전화가 왔다. 인사차 전화를 한 것이다.

그래도 무던하고 착한 남편이다.

아니면 내 공부 때문인지 같은 부부라 할지라도 속마음은 어떻게 알겠는가?

하지만 분명히 짚고 넘어가야 할 게 있다.

내가 바람난 여자는 아니니까 말이다.

오늘은 퇴원을 하는 날이다. 퇴원하게 되니 우선 기분이 좋았다.

병간호는 잘 해주다가도 이틀 밤이나 짜증을 부리는 이 선생님 마음을 알다가도 모르겠다. 아침 식사가 끝나는 대로 퇴원 수속을 하고 나니 시간은 오전 11시 20분, 11시 30분에 있는 내분비외과 교수님을 만나야 하는데 이 선생님은 나를 휠체어에 태우고 2층으로 갔다.

2층에 있는 내분비외과에 도착하여서는 교수님을 만나려고 기다리는 사람들 틈에서 바쁘게 움직이는 간호사에게 내 이름을 대구서 화요일 혼자서 못 오게 됨을 알고 입원해 있던 곳에서 오늘 11시 30분으로 예약해놓았다는 설명을 하자 간호사는 조그만 쪽지에 몇 글자를 적더니 이걸 가지고 원무과에 가서 예약 날짜가 바뀐 영수증을 가져오란다.

이 선생님은 다시 원무과로 가서 차례를 기다려 원무과에서 준 확인서를 가지고 20분 뒤에 나타났다.

12시가 넘어 교수님이 점심 식사 전 마지막인 나는 겨우 그렇게 교수님을 뵐 차례가 돌아왔다. 교수님을 뵙고 나니 교수님께서는 내 갑상선기능 저하가 약으로 인해 좋아지고 있다고 하셨다. 약을 수년을 먹어와서 나는 이미 알고 있었지만, 보험 때문에 지난 수개월을 약을 못 먹고 버티어 왔으니 다시는 그러고 싶지 않았다.

정말 너무너무 몸이 피곤했던 것이 사실이었으니까.

4개월 후에 보자면서 약 처방을 받아가지고 나와 휠체어를 이 선생님이 밀고서 8동 건물 지하실에 있는 구내식당으로 갔다.

구내식당보다는 개인이 운영하는 식당같이 보였으나 가격은 좀 더 비쌌다.

불고기 백반에 상추쌈을 곁들여 먹고 싶었다.

물 없이는 식사를 못 하는 나에게 이 선생님은 연신 보리차도 갖다주시고 모든 걸 잘 챙겨주신다.

식사가 끝나고 이 선생님이 주차장에 있는 차 안에 나를 태워놓고 내가 타고 왔던 휠체어를 1동 7층까지 가져다 놓고 왔다.

나는 차 안에서 이 선생님을 기다리는 동안 이 선생님에 대해 생각해보았다.

정말 고마운 분이시다.

내 발 수술도 이 선생님이 아니었으면 죽을 때까지 발 수술 후유증으로 생각하고 아파하면서 살았을 텐데, 정말 고맙다는 생각이 들었다.

내가 지금 미국에 있었다면 내 발 속에 유리가 박혀 있다는 것을 누가 상상이나 했을까?

참, 나도 미련한 사람이란 생각이 든다.

애들하고 살려고 발버둥 쳤지 언제 나를 위해 살아본 적이 있었는가?

한국에서 그렇게 자식을 키웠으면 엄마 불쌍하다고 가엾다고 고마워할 텐데….

미국에서 자식들 키워놓고 나니 내게 남은 건 늙디 늙은 몸뚱이뿐 누가 내 속을 알아준단 말인가?

차 문이 열리더니 이 선생님이 휠체어를 갖다 놓고 돌아왔다.

이 선생님이 지하실 주차장을 빠져나왔을 때 밖에는 여름비가 내리고 있었다.

차를 약국 앞에 세우고 4개월분 약을 사려고 약국으로 들어가셨다.

차 안에서 이 선생님을 기다리는 동안 길 건너편에서 옥수수를 파는 아주머니를 바라보았다.

그리고 전대병원 안으로 바쁜 걸음으로 들어가는 사람들, 바쁘게 달리는 자동차들.

우리들 역시 그중에 섞인 사람으로서 바쁘게 움직이고 운전을 하여 강진에 있는 집으로 돌아가겠지.

약국에서 나온 이 선생님이 운전하여 광주 시내를 빠져나갔다.

그리고 내가 눈을 떠보니 이 선생님은 계속 운전을 하고 있었다.

나는 곧장 집으로 가는 것보다는 내가 어린 시절 태어나 자라온 고향 마을을 지나서 망호 바닷가로 향하였다.

그 바닷가에는 어린 시절에 내 어머님을 따라 외가댁을 다니러 가던 날 이리 뛰고 저리 뛰던 나와 반대로 오빠와 함께 외가댁에 가신 어머님을 기다리던 슬픈 지난날 기억이 떠올랐다. 갑자기 눈물이 난다.

어머님 냄새와 오빠께서 어디선가 나를 부르시는 것 같아 눈을 떠보니 낚시하는 아저씨들 이야기 소리뿐 말 없는 파도만이 밀려왔다 밀려간다.

그때 내 생각에는 어머님은 이 바다를 건너서는 안 될 분이셨는지도 모른다는 생각이 들었다. 그때 핸드폰이 울린다. 받아보니 강현옥 작가님이시다.

퇴원하고 집에 온 줄로 아셨는가 보다.

1시간 후에 집에 도착이라고 하였더니 저녁에 집에 오시겠다고 하신다.

저녁 식사가 끝나고 강현옥 작가님께서 포도 1박스를 사 가지고 병문안을 오셨다.

언제 봐도 항상 웃으시는 강현옥 작가님께 너무 감사하고 고맙게 생각한다.

기다리고 기다렸던 오늘이 드디어 왔다.

날짜를 이렇게 기다리는 것이 내 생명을 단축하는 일인 줄 알면서도 나는 몇 주 전부터 이렇게 오늘을 기다려 왔던 것이다.

내 공부 때문에 고혈압이 있는 남편을 홀로 집에 남겨둔 채 이렇게 멀리 가족 곁을 훌쩍 떠나와 버린 나.

그동안 남편에게 얼마나 미안하고 보고 싶었는지…. 이제 내일 아침이면 그렇게도 보고 싶었던 남편을 만날 수 있으니 예전에는 전혀 느끼지 못했던 남편에 대한 그리움이었다.

우리들의 보금자리인 둥지에서 우린 가족을 함께 이룬 부부인데도 나는 항상 남편을 무시했었다.

영어 발음 하나 미국인답게 제대로 못 하는 동양인인 내가, 초등학교 졸업장도 없는 내가, 잘난 것이라곤 한 가지도 없는 내가 남편을 무시했던 것은 한국인들이 국제결혼을 한 여성들에게 그들의 편견으로 손가락질하는 것을 봐왔기 때문이었다.

그러나 35년 만에 돌아와 보니 지금 한국 농촌에는 다문화 가족들이 꽤나 많았다.

지금 한국에는 내가 이민 가던 1970년대와는 달리 잘 사는 나라로 성장하였다. 그러나 몇십 년 전만 하여도 대부분 아들을 선호하였기 때문에 지금에 와서는 여자가 부족한 것이 사실인 것 같다. 그리고 지금은 여자들도 최소가 고등학교 졸업은 하다 보니 농촌 총각들은 비행기를 타고 온 이주 여성들과 결혼을 하는 것이다.

다문화 가족들에게 정부에서나 기관 단체들은 팔을 벌려 안아주고 따뜻하게 대해주고 있지만, 어딘지 모르게 소외되는 다문화 가족들과 그 자식들이 겪을 아픔을 나는 분명히 볼 수가 있었다.

지금 한국에 와 있는 나는 가면을 쓰고 살고 있다.

미국에는 남편이 있고 국제결혼을 하였다 말한다면 내가 현재 다니고 있는 중학교에서 반응이 어떨까? 한국인들은 아직도 남의 일에 참견하는 버릇을 고치지 못하고 있다.

다문화 가족들에게 잘하는 척하면서도 우리 아들만큼은 장가를 그렇게 보내지 않겠노라 하는 부모님들을 내가 직접 만나봤기 때문이다.

남편이 때로는 보고 싶어도 나는 어느 누구에게 한마디 말도 할 수가 없었다.

손자 손녀들의 사진마저 남들에게 보여주지도 않았다.

내 모든 것을 이해해주고 나를 사랑해주는 남편.

또한, 내 자녀들의 아빠인 정말 좋은 사람을 남편으로 둬서 나는 행운아이다.

살아온 지난날보다 앞으로 살아갈 날이 더 짧게 남았지만, 이제부터라도 내게 있는 모든 것을 동원해 남편에게 진실로 잘해줄 것을 약속하고 싶다.

당신에게 꼭 그렇게 잘해주고 싶었다.

그동안 모든 것을 참아준 당신에게 더욱더 잘해주겠다고 생각하면서 이곳 강진터미널에서 밤 9시에 광주로 가는 버스에 몸을 실었다.

　밤 10시가 조금 넘어 광주 버스터미널에 도착하였다.

　새벽 12시 30분에 인천공항으로 가는 버스를 타려면 아직도 2시간 하고도 20분을 더 기다려야 하는데 팔목에 찬 시계를 보면서 지루하다는 생각이 들었다.

　먼저 매표소에 가서 일단 버스표부터 사야 할 것 같았다.

　광주 버스터미널에서 인천공항까지 가는 버스표 가격은 중학생 가격으로 3만 5천 원이었다. 하지만 버스표 가격이 비싸다는 생각이 전혀 들지 않았다.

　버스표를 산 후 인천국제공항으로 가는 버스 출구 쪽으로 천천히 걸어갔다.

　그곳에는 베트남과 필리핀에서 한국으로 시집온 여자 몇 명이 먼저 와서 버스를 기다리고 있었다.

　친정 나들이를 갈 모양인지 기분 좋게 자기 나라말로 이야기하는 그들 곁에 있고 싶지 않아 조금 떨어져서 나만의 생각에 잠겼다.

　그때 핸드폰이 울린다. 받아보니 잘 도착했느냐는 이 선생님 전화였다.

버스를 기다리는 동안 내 마음은 기쁨에 가득 차 나비처럼 날아서 버스터미널 안을 날아다니는 기분이었다.

12시 15분쯤에 버스에 몸을 싣고서 12시 30분에 버스는 인천공항을 향해 고요한 새벽의 정막을 깨우며 신나게 고속도로를 달리고 또 달렸다.

머릿속으로 계산을 해보니 12시 30분에 출발을 했으니 4시간 30분이 소요되면 버스는 인천국제공항에 아침 5시에 도착한다.

좌석벨트를 매고선 우선 잠을 좀 자야겠다는 생각에 눈을 감은 채 편안한 자세로 앉았다.

헌데 이게 웬일인가?

햇볕이 쨍쨍 내리쬐는 대낮에 버스를 타면 30분도 되지 않아 눈이 저절로 스르르 감기곤 하였는데, 지금은 새벽 1시가 넘었는데도 잠이 오기는커녕 남편을 만난다는 기쁨에 내 마음이 콩닥콩닥 뛰고 있었다.

함께 살 때는 남편이 밉기만 했는데….

그럴 때마다 "내가 정년퇴직하면 한국에 가서 공부할 거야. 그럼 당신 혼자 살아봐!"라고 소리소리 지르던 나였는데….

이토록 그리울 줄은….

지금 이 시간만큼은…, 아니, 요 며칠간은 잠을 제대로 자지도 못했다.

버스는 달리고 또 달렸다.

그리고 천안 휴게소에서 15분을 쉰 후 버스가 다시 출발하여 도착 예정시간보다 40분이나 일찍 4시 20분에 인천공항에 도착하였다.

버스에서 내려 공항으로 들어간 후 아시아나 입구 쪽으로 갔다.

아시아나 입구로 갔을 때는 이미 많은 사람들이 배웅을 나와 있었다.

나는 고개를 들어 아시아나 비행기 스케줄을 한 줄 읽어내려가다가 시카고 출발이 새벽 4시 13분에 인천공항에 이미 도착했다는 곳에 눈이 멈추었을 때 하마터면 소리를 지를 뻔했다. 예정시각보다 47분이나 일찍 도착한 것이다.

지금 우리 부부는 내 고국인 한국에서, 그것도 한 건물에 있는 게 아닌가?

그때 자동 유리문이 열리고 한 사람 두 사람씩 나오고 있었다.

그리고 10분쯤 지났을까? 유리 자동문이 열리고 내 아이 아빠가 까만 큰 가방을 밀고서 나오고 있는 게 아닌가!

그 순간 나는 반가우면서도 한편 마른 대추처럼 주름살이 골을 지고 있는 얼굴을 한 남편이 먼 여행길에 지친 모습을 보았다. 흰머리에 이발할 때가 훨씬 지나 덥수룩한 남편을 보는 순간 내 가슴은 칼로 오려내는 통증을 느낄 수가 있었다.

저런 남편을 혼자 두고 떠나오다니. 반가움보다는 남편 몸에는 부인의 손길이 필요힘을 절실히 느낄 수가 있었다.

이렇게 9개월 만에 우리 부부는 인천공항에서 상봉하였다.

시계를 보니 광주로 갈 버스를 타려면 아직도 2시간이 더 남아 있었다.

시간도 보낼 겸 그동안 밀린 이런저런 얘기를 하다가 월세를 놓고 있는 집들에 대해 물어보니 브로드웨이 코너에 있는 집 얘기를 내게 하였다.

세를 살던 사람이 실은 지난달에 나갔는데 그 집을 고치려면 돈이 많이 들어간다며 막내아들과 둘이서 조금씩 고치겠다는 얘기였다.

그 집은 100년도 넘은 벽돌집이다. 얘기를 듣고 있는 동안 이런 생각이 들었다.

내 앞에 바로 내 앞에 앉아있는 당신이, 몸을 지탱하기도 힘이 드는데 어떻게 그 집을 손수 고칠 수가 있단 말이요.

욕심 많은 나를 만나 괜한 고생을 시키는 것 같아 가슴이 아팠다.

그때 내 핸드폰이 울린다.

시간은 아침 6시 받아보니 이 선생님이다.

남편이 도착했느냐는 안부 전화였다.

나는 이 선생님에게 남편의 도착과 광주 버스터미널 도착 시각을 알려줬다.

공항에서 6시 45분 첫 버스를 타고 우리는 광주로 향했다.

광주터미널에 11시 20분에 도착하니 이 선생님은 이미 차를 가지고 광주 버스터미널에서 기다리고 있었다.

남편과 이 선생님이 처음으로 만나는 날이었다. 그리고 우리들은 점심을 먹었다.

이 선생님께서는 남편에게 친절히 잘 해주신다.

이렇게 집에 도착하여 샤워를 마치고 남편을 보니 다리와 발이 통통 부어있었다.

성치 않은 몸으로 먼 길을 오느라 비행기 안에서 오래 앉아 있다 보니 다리와 발이 통통 부어있는 남편.

지금에 와 생각해보니 나는 남편에게 너무 많은 상처를 안겨준 것 같아 울고 또 울었다. 남편을 기러기 남편으로 외롭게 만든 장본인인 무식한 나.

못난 내가 뭣이 잘났다고 아이 아빠를 이렇게 만들어놨단 말인가?

공부가 사람 목숨보다 더 중요하단 말인가?

미어지는 가슴, 엉엉 소리 내어 울고 싶지만 남편을 더 이상 가슴 아프게 하고 싶지 않았다.

그리고 화장실로 간 나는 손으로 입을 막고 울고 또 울었다.

신이여! 난, 난 어떡하라고. 신이여!

내가 그렇게도 좋아하던 돈, 나에게 있는 돈 다 드릴 터이니 남편 건강을 챙겨주시옵소서.

너무나 가엾은 남편을 이대로는 보낼 수가 없습니다.

피를 토할 것 같은 뭉클함이 가슴 속을 찌른다.

내가 벌을 받아도 무슨 할 말이 있겠는가!

🖉 맑음. 2009. 9. 26. 토.

남편과 함께 즐거운 아침밥을 먹었다. 아침을 먹은 후 이 선생님께서는 계산초등학교로 출근하시고 나는 남편과 함께 시장에 갔다. 걸어 다니면서 우리는 몇 가지의 찬거리를 산 후 집에 왔다.

퇴근하고 집에 온 이 선생님과 셋이서 그렇게 점심 식사를 마치고 드라이브에 나섰다.

이 선생님이 운전을 하여 우리는 망호의 바닷가로 갔다.

차 안에서 남편이 나를 울린다.

자기는 죽어도 이제는 조용히 눈을 감고 갈 수가 있다는 말을 한다.

이 선생님은 옆에서 친구처럼 내게 잘 해주고 있기 때문이라는 남편 말에 뒷좌석에 앉아있는 나는 목이 메어 금방이라도 가슴 저 밑에서부터 눈물이 폭포수처럼 흘러나올 것만 같아 참느라고 혼이 났다.

나는 졸업하면 반드시 미국 집으로 돌아갈 것이다.

그리고 남편과 가족에게 예전처럼 부인의 사랑과 엄마의 사랑을 많이 해줄 것이다.

흐르는 눈물을 참으려고 차 창문 밖을 내다보니 길옆으로 아름답게 피어있는 초가을 코스모스가 슬픈 내 마음을 위로라도 해주듯 잘 가라는 걸까?

코스모스들이 고개를 숙여 우리들에게 손을 흔들어준다.

우리는 내가 태어난 용산리 마을을 지나고 신기란 마을을 지나 망호 바닷가에 도착했다. 바닷가에는 몇 명의 낚시꾼들이 낚시를 하느라 여념이 없었다.

내가 어린 시절 마지막으로 이 망호 바닷가에 왔을 때가 아마 13, 14살이었던가?

기쁜 추억보다는 슬픈 기억이 더 많은 어린 유년 시절.

내가 지금 서 있는 이 자리엔 나를 아끼고 사랑해주는 내 남편과 47년, 그것도 한국인이 아닌 외국인 남편과 이렇게 함께 오게 될 줄을 저

위에 계신 분은 알고 계셨을까?

남편에게 어린 시절에 바다를 왜 그렇게 건너고 싶었는지를 영어로 설명해주었다.

이번에는 망호 바닷가를 떠나 어머님이 할머니 몰래 밤에 나를 데리고 가서 어머님께서 사 놓으신 논에 물을 대시던 곳에도 가봤다.

집에 온 우리는 저녁을 마치고 이 선생님은 남편을 데리고 읍으로 갔다.

아마도 술을 마시려나 보다.

 ✏ 맑음. 2009. 10. 5. 월.

아침 일찍 목포에 갔다.

이 선생님더러 데려다 달라고 하였다.

남편이 귀가 잘 들리지 않기 때문에 보청기 전문점에 갔다.

보청기 전문점으로 들어가서 먼저 남편 귀를 점검을 받았다.

진단 결과는 완선히 나쁘지 않았으나 보청기를 껴야 한다고 한다.

한쪽 보청기만 맞추는데도 가격이 130만 원이란다.

남편 보청기를 사주는데 130만 원이란 돈이 아깝지 않았다.

목요일 날 찾아가라는 의사 말을 듣고 우리는 보청기 전문점을 나와 롯데백화점으로 갔다. 백화점 안에 있는 식당에서 점심을 먹은 후 물건 몇 가지를 산 후 집으로 돌아왔다.

이 선생님은 오늘 오후에 1시간 있을 강의를 하러 출근을 했다.

그리고 나는 저녁 준비를 하였다.

헌데 초인종 소리와 함께 이 선생님은 뉴벤을 또 데리고 왔다.

이제 며칠 남지 않아 남편과 시간을 보내고 싶은데 저녁을 먹은 뒤 읍으로 나가 또 술타령할 것 같다.

뉴벤과 둘이서만 나가서 술을 마시면 내가 왜 잔소리를 하겠는가!

하지만 고혈압 환자인 남편은 많은 약을 먹고 있는데 매일 저녁 술을 마신다는 것은 남편에게 좋지 않다. 역시 내 예상대로 이 선생님은 뉴벤과 남편을 데리고 나갔다.

남편은 내게 많이 마시지 않겠다는 말을 남기고 이 선생님을 따라 함께 나갔다.

이제 돌아오는 월요일이면 다시 미국으로 돌아갈 남편을 생각하니 저녁을 먹을 기분이 나지 않았다.

남편 가방을 챙겨주고 싶어 가방을 챙기려고 물건을 꺼내다가 남편 벨트를 발견했다.

너덜너덜 떨어진 벨트 실들이 길게 늘어진 벨트가 보였다.

벨트를 손에 쥐고 보는 순간 가슴 속에서 갑자기 뭔가 뜨거운 뭉클한 것이 올라옴과 동시에 울음이 터져 나왔다.

나는 소리 내어 펑펑 울었다.

그리고 뜨거운 눈물은 쉴 새 없이 흐르고 또 흐른다.

나는 못된 나쁜 여자. 그리고 벌을 받을 여자다.

어쩌자고 나만을 위한 길을 택했단 말인가?

무식하면 무식한 대로 입이나 다물고 조용히 살 것이지, 잘난 것은 하나도 없는 내가 이제 밥 좀 먹고 살게 됐으니 이 나이에 공부한다고 남편을 무시하고 이런 벨트를 차게 했단 말인가?

공부한다고 한국을 내 집 드나들듯이 하던 내가 아니었던가?

이제 며칠 후면 아픈 다리를 이끌고 미국으로 돌아갈 남편을 생각하니 나는 벌을 받아도 할 말이 없을 것 같았다.

아니야, 지금 이래서는 안 된다.

지금 이 시간만이라도 남편과 함께 있어주고 싶었다.

함께 있지 않으면 내가 죄책감에 미쳐버릴지도 모른다는 생각에 집을 나서 읍으로 향했다. 호프집에 들어서자 다른 손님은 없었다.

남편과 호프집을 나와 우리 부부는 밤거리를 걸었다.

집에 온 우리는 부엌 탁자 위에 앉자마자 남편에게 벨트를 보여주었다.

그리고 왜 이렇게 궁상맞게 사느냐고 야단을 하니 남편이 눈물을 떨어뜨린다.

그리곤 우리는 함께 울었다. 남편은 "당신이 떠난 뒤 나는 외롭고 무서웠다. 세금을 내야 하고 헌 집이라서 뭐든지 고장 나면 고쳐야 했다. 모든 것을 당신이 관리를 했으니 음식이나 빨래 한번 해보지 않았기에 아무 음식이나 먹고 뚱뚱해졌다. 당신은 이런 나를 야단을 치지만 그동안 돈 때문에 나 자신에게 돈을 써 보지 않았다."라고 말했다.

울고 또 우는 남편. 우린 이렇게 둘이서 얼마나 울었을까?

나는 남편이 너무 가엾어 보였다.

남편은 우리 큰아들에 대한 얘기를 들려준다. 내가 떠난 뒤로 큰아들이 변했단다.

  삼 남매 중 제일 속을 많이 섞였던 자식이다.

  하지만 철이 들고서는 나를 제일 잘 따라주는 아들이다.

  남편 말이 큰아들은 엄마를 제일 많이 사랑한단다.

  나는 남편에게 왜 이 모든 사실을 알리지 않았느냐고 했더니 당신이 걱정할까 봐 못했단다. 남편 생각을 해보았다.

  혼자서 얼마나 외로웠을까?

  얼마나 힘들었을까?

  우린 둘이서 한참을 울었다.

✎ 맑음. 2009. 10. 12. 월.

새벽 4시 30분.

  나는 자리에서 일어나 샤워부터 하였다.

  오늘은 남편이 미국으로 돌아가는 날이다. 아침 일찍부터 서둘러야 한다.

  이곳 강진 버스터미널에는 인천국제공항으로 가는 직행버스가 없기 때문에 우리는 광주 버스터미널에서 공항 가는 직행버스를 타야 했다.

  간단히 아침 식사를 마치고 집에서 7시에 나왔다.

  이 선생님은 우리 부부를 강진 버스터미널까지 바래다주고서 7시 45분에 광주로 가는 버스가 떠날 때까지 버스터미널에서 우리랑 함께 버스를 기다려주고 있었다.

이제 곧 버스가 출발하려 하자 이 선생님은 내 남편에게 포옹하고 작별의 악수를 한다. 광주로 가는 버스 안에서 우리는 나란히 앉았다.

하지만 혹시나 버스 안에 타고 있는 사람이 강진 사람일까 봐 나는 부부가 아닌 것처럼 행동한다. 혹시 이곳 강진 사람이라도 눈치를 챌까 봐 나는 조심스럽게 행동을 하였다. 강진 버스터미널을 떠난 버스는 계속 달리고 또 달린다.

나는 차 창문 너머로 밖을 내다보았다. 내 슬픔을 알기라도 할까?

바람에 흔들리는 고개 숙인 갈대가 잘 다녀오라는 인사라도 하는 걸까?

가냘픈 코스모스가 내 귀에 속삭이는 것처럼 들린다.

만남이 있으면 이별이 있는 법.

버스는 1시간 10분을 달려 우리는 그렇게 광주 버스터미널에 도착하였다.

우리 부부는 버스에서 내려 화장실부터 다녀왔다.

그리고 인천국제공항으로 가는 버스표 2장을 사고 안내원에게 시간표를 물어보니 9시 20분에 버스가 떠난단다.

시계를 보니 10분밖에 남지 않았다.

남편에게 "빨리 걸어야겠다. 버스 시간이 10분밖에 남지 않았다."라고 했더니 남편이 내 발을 걱정한다.

다음 버스로 가도 되느냐고 내게 묻는다.

우리가 버스 타는 곳에 도착해 버스에 오르자 버스 안은 텅 비어 있었다.

다행이란 생각이 들었다. 한 사람이라도 강진에 사는 사람이 이 버스에 탔다면 나는 남편 손도 못 잡아주기 때문이다.

남편은 가방을 버스 밑 짐칸에 넣은 후 우리는 버스 안으로 들어가 맨 앞좌석에 둘이서 앉았다.

그때 여자 두 사람이 들어오고 기사 아저씨도 들어 온 후 운전석에 앉는다.

인천국제공항 출발 안내 말과 함께 버스 문이 닫히고 이제 버스가 서서히 터미널을 빠져나갔다. 이제 남편 손을 잡아줘도 되겠다는 생각에 남편 손을 꼬옥 잡았다.

그리고 이제는 괜찮아, 이곳은 강진이 아니야.

그때 남편이 나를 쳐다보면서 내 손을 꼬옥 잡는다.

내 손을 꼬옥 잡아준 남편하고 우리는 이렇게 서로가 약속이라도 한 것처럼 그저 아무 말 없이 손만 꼬옥 쥐고 있었다.

그리고 우리는 잠깐 잠이 들었다.

버스가 4시간을 달려 1시 20분에 인천국제공항에 도착하였다.

버스에서 내려서 먼저 가방을 부치고 난 뒤 나는 남편을 데리고 2층에 있는 한식당으로 들어갔다.

공항에서 미국으로 갈 때마다 버릇처럼 즐겨 찾는 식당이 있다.

막상 식당에 들어와서 생각해보니 내가 좋아하는 식당이지 남편이 좋아할 것 같지 않다는 생각이 들었다.

생각해보니 15일 동안 주로 한국 음식만 먹었는데 이래서는 안 되겠다는 생각이 들었다. "여보! 햄버거 먹겠어요?" 남편이 그러겠다고 대답을 한다.

우리는 다시 1층으로 내려갔다.

그리고 버거킹으로 들어가 더블버거와 프렌치프라이 각각 두 개씩 그리고 펩시, 콜라 2잔을 주문했고 자리에 앉아 점심을 먹기 시작했다.

'와우!' 남편이 맛있게 먹는다.

남편에게 물었다.

이렇게 좋아하는 햄버거를 사 달라고 말할 것이지 왜 말하지 않았냐고. 남편은 괜찮다고 대답을 하고 배가 고팠는지 햄버거를 맛있게 먹었다.

버거킹이란 햄버거집을 나와 대합실 의자에 앉아서 이런저런 얘기를 나눴다.

조금 후 헤어지면서 서로 울지 않겠노라 손도장을 찍기도 했다.

하지만 우리들은 손도장을 찍은 후 서로 손이 멀어지기도 전에 눈물이 고였다.

분명히 울지 않겠다고 약속하고 10초도 되지 않아 벌써부터 눈에 눈물이 고였다.

인천공항 도착 즉시 광주로 가는 직행버스 시간표를 알아본 결과 공항에서 떠나는 오후 5시 20분 버스를 타면 밤 9시가 넘어서야 광주 버스터미널에 도착한다.

광주 버스터미널에서 강진으로 가는 마지막 버스를 타려면 늦어도 이곳 공항에서 5시 20분 버스를 타야 한다.

시계를 들여다보니 이제 곧 남편과 헤어질 시간이 다가오고 있다.

4시 50분, 나는 남편을 출구 쪽으로 보낸다.

그리고 잘 가라는 말 외에는 서로가 말을 아꼈다.

남편이 출구 안쪽으로 들어가고 자동문이 닫혀버렸다.

나는 빠른 걸음으로 공항 안을 나와 버스매표소로 향했다.

몸과 발은 그렇게 빨리 움직이는 데도 내 마음은 오던 길로 되돌아가고 싶었다.

함께 비행기를 타고 우리들의 보금자리인 미국 땅에 있는 집으로 지금 남편과 함께 갈 수 있다면 하고 생각하자 가슴이 무너지는 아픔에 뜨거운 눈물이 양 볼을 타고 흘러내린다.

이제 남들 시선은 아랑곳없이 어딘가에 앉아서 그냥 엉엉 울고 싶었다.

시간을 되돌릴 수만 있다면 그리고 텔레비전 방송 촬영을 했던 게 후회스러웠다.

텔레비전 방송만 나가지 않았어도 다 때려치우고 내일이라도 미국 집으로 갈 수 있을 텐데. 정말 돌아가고 싶었다.

매표소에서 표를 사자 광주로 가는 버스가 막 도착하고 있었다.

버스에 들어가 좌석에 앉았다.

꽤나 사람들이 많아 버스 안은 빈 좌석이 거의 없었다.

광주로 가는 버스는 쌩쌩 잘도 달리는데 버스 안에서 내 마음은 갈기갈기 찢어지고 남편 목소리가 듣고 싶었다. 홀로 앉아있을 남편에게 나는 전화를 걸었다.

서로 목소리를 확인한 우리는 목이 메 인사도 제대로 할 수가 없었다.

나는 "잘 가."라고 말했다. 남편은 나더러 울지 말라고 한다.

내년에 또 올게. 그런 남편에게 안녕. 버스 안에서 나는 계속 울었다.

그리고 얼마를 갔을까? 핸드폰이 울린다.

이 선생님한테서 온 전화였다.

지금은 아무하고도 통화하고 싶지 않았다.

단 한 번도 본 적 없는 아버지한테 전화가 왔다고 하더라도 말이다.

어머님께서 돌아가셨을 때도 이렇게까지 가슴 아파하지 않았는데….

왜 좀 더 잘 해주지 못하고 떠나보냈을까!

가슴이 무너지는 느낌.

이게 바로 오랫동안 함께 살아온 부부의 정이라는 것일까?

정이란 깻잎처럼 한장 한장 쌓이는 게 부부의 정인가 보다.

당신의 소중함을 이제야 알았습니다.

그리고 당신의 의지로 제가 큰소리치는 것도 이제야 알았습니다.

똑똑한 당신을 바보인 것처럼 무시하던 제가 바보란 것을 이제야 알았습니다.

전 바보 김춘엽입니다.

그리고 항상 당신을 너무 많이 사랑합니다.

첫 수업이 시작하기 바로 전 담임께서 내 곁으로 다가오셨다.

오늘 6교시 수업이 끝나면 나더러 교장실로 가란다.

나는 "선생님, 무슨 일이 있어요?"하고 물었다.

선생님은 교장 선생님께서 인터뷰하시고 싶다고 한다는 얘기다.

6교시가 끝나고서 나는 교장실로 갔다.

교장 선생님과 인터뷰를 하는 게 이번이 처음이다.

내가 올해 입학했을 때의 교장 선생님은 다른 학교로 여름방학 때 발령이 나셨단다.

새로 부임해 오신 교장 선생님께서 계시는 방의 문에 노크하자 들어오라고 친절하게 말씀하신다. 정중한 인사도 잊지 않는다.

교장 선생님께서는 예절도 잘 지키시지만 내 개인적인 질문도 서슴없이 물으신다. 조금은 난처한 기분이었다.

"교장 선생님, 제가 제 개인 정보를 교장 선생님께 말씀드려야 할까요?"

교장 선생님은 너털웃음을 웃으시면서 학교의 교장으로서 학생에 대한 정보를 모른다면, 특별히 다른 학생들과는 다르기에 신문 기사라든지 TV 방송에서라든지 나오게 되면 본인 자신에 대한 정보를 모른다면 좀 곤란하시단다.

그때, 행정실 사무를 보시는 여자 분께서 예쁜 찻잔에 담은 차 두 잔을 가지고 교장실 안으로 들어와 차 한 잔은 교장 선생님 앞에, 그리고 한 잔은 내 앞에 놓고 교장실을 나간다. 교장 선생님과의 인터뷰는 30분 정도 걸렸다.

교실에 돌아와 보니 오늘은 과목마다 숙제가 없다. 보충수업을 합하여 수업이 8과목이다. 수업이 끝나고 김향숙이랑 걸어서 집에 갔다. 이 선생님 역시 벌써 집에 와 있었다.

요즘 신종감기 때문에 영어 마을에는 보충수업이 없단다. 저녁 식사 준비를 하였다.

그러다 고개를 돌려 벽시계를 쳐다봤다.

7시 40분을 가리키고 있었다.

미국 집에 전화를 하려면 아직도 35분을 더 기다려야 한다.

미국과 한국은 15시간 시차가 난다. 나는 속으로 조바심이 난다.

이틀에 한 번씩 걸려오는 남편 전화가 지금 처음으로 4일째 전화가 없다.

나는 속으로 걱정이 되었다.

다시 벽시계를 봤을 때는 밤 8시 15분. 미국 시간으로 아침 5시 15분이다.

나는 이때다 싶어 부엌 탁자에서 일어났다.

거실로 가서 다시 미국 집에 전화를 걸었다. 신호가 간다.

한 번, 두 번, 세 번, 네 번, 왜 그럴까? 신호가 계속 울린다.

예전 같으면 "Hello, honey!" 다정한 목소리로 항상 그렇게 전화를 받아주던 남편인데, 갑자기 불안해지는 마음으로 이번에는 남편 핸드폰으로 전화를 걸었다.

신호가 간다. 신호는 한번, 두 번, 세 번, 계속 울린다.

이제 내 마음이 불안하다. 그런 내 마음을, '그럴 리가 없어.'하며 스스로 안심을 시킨다. 예감이 더욱 불안해지며 계속 뇌를 자극한다.

그렇게 불안해하는 내게 이 선생님은 1시간 후에 다시 전화를 걸어보란다.

하지만 나는 그럴 틈을 주지 않았다.

36년간을 함께 살아온 내 반쪽 성격을 모를 리가 없었다.

이번에는 회사에서 제공한 핸드폰으로 걸었다.

신호가 간다. 한번, 두 번, 세 번, 네 번.

이번에는 집으로, 그리고 핸드폰으로 계속 번갈아 가면서 걸어봤지만, 남편이 받지 않는 전화기는 계속 신호가 간다.

설마 하는 불길한 예감이 내 온몸을 휘감는다.

이젠 눈에서 눈물만 나올 뿐이어서 이번에는 큰아들 집으로 전화를 하였다.

미국이 이른 아침이라 잠을 자고 있는지 전화를 받지 않는다.

이번에는 막내아들 집으로 전화를 하였다.

신호가 간다. 한번, 두 번, 세 번째 신호 소리에 잠에서 깬 듯한 막내아들 목소리가 들린다. "Hello?"하는 막내아들 목소리에 나는 이미 울고 있었다.

그저 "Son! This is mom."이라는 말밖에 할 수 없었다.

아들은 침착하게 "Hi, mom"하고 대답을 했다.

나는 아들에게 아빠가 전화를 받지 않는다고 했고 아들은 아빠가 병원에 입원에 있다고 하는 말을 전했다.

조금 전만 해도 불길한 내 예감에 설마 했는데….

나는 그만 수학기를 붙든 채 울어버렸다.

다리에 갑자기 힘이 빠지고 나는 어떻게 하라고….

아들 말이 아빠가 금요일 날 병원에 입원을 했단다.

입원을 하면서도 줄곧 내 걱정을 하더라면서 엄마가 아빠랑 전화 통화를 하면 엄마가 지금처럼 울 것이고 그러면 아빠 혈압이 다시 올라갈 것 같아서 알리지 않았단다.

아들과 전화 통화를 하면서 나는 계속 울고 있었다.

그리고 지금이라도 달려갈 수만 있다면 정말 가고 싶었다.

지금 고국에 돌아와 내가 하고 있는 모든 어린애 같은 행동에 참을 수 없는 눈물이 흐르고 또 흘렀다. 아들은 엄마에게 진정하라는 말과 함께 "Mom, I love you."라고 하는데, 내 아들은 웬만해선 엄마와 아빠에게 사랑한다는 말을 먼저 하지 않는 아이였다.

그렇다 보니 아들이 사랑한다는 말을 먼저 할 때는 지금 뭔가가 잘못되어 가고 있다는 생각이 들 뿐, 아들과 전화 통화를 끝낸 후 나는 울고 또 울었다.

미쳐버리고 싶을 정도로 가슴이 미어져 온다.

지난달 12일 인천국제공항에서 남편이 미국에 돌아갈 때 함께 갔었더라면 지금 이런 일이 일어나지 않았을 텐데….

그날 눈물을 보이지 않으려고 농담까지 하던 남편이 미국으로 돌아간 지 한 달도 되지 않아 어떻게 이런 날벼락이 나에게 떨어지는가!

나는 계속 울고 또 울었다.

그리고는 막내아들에게 다시 전화를 하였다. 나는 아들 둘의 성격을 잘 안다.

그리고 나는 웬만해서는 자식들 앞에서 무너지지 않는 엄마다.

항상 강한 척 그렇게 살아왔다.

하지만 나는 지금 이 시간만큼은 강하지 않은 약한 엄마가 되어 버렸다.

막내아들에게 다시 전화를 걸었다.

그리고 막내아들과 그렇게 긴 얘기를 하였다. 세 번째 전화를 걸었다.

그렇지 않으면 지금 내가 미쳐버릴 것 같았다.

막내아들과 통화를 끊고서 이제는 딸에게 전화를 걸었다.

텍사스에 사는 딸 역시 이른 아침이라 전화를 받지 않는다.

수화기를 내려놓자 전화소리가 울린다.

받아보니 딸이다. 딸 목소리를 확인하자 나는 더욱더 눈물이 나온다.

딸은 "진정하세요, 엄마가 진정하지 않으면 아빠와 통화를 할 수 없어요."라고 말한다.

아빠가 엄마를 무척 사랑한다고 말했고 나 역시 딸에게 나도 그렇다고 아빠를 많이 사랑한다고 말했다.

그때 이 선생님이 내 전화 통화를 다 듣고 있었지만 나는 상관하지 않았다.

왜? 내 가족과 통화하고 있고, 사람 목숨이 더 중요하기 때문이다.

이렇게 남편을 저 세상으로 보내고 싶지는 않았다.

예전에 싸울 때는 미운 적이 한두 번이 아니었지만 지금 이 순간만큼은 남편을 이대로는 떠나 보내고 싶지 않았다.

딸과 통화를 마친 후 나는 먼저 마음을 진정시켜야 했다.

방금 전에 딸이 그렇게 하라고 타일렀기 때문이다.

엄마가 마음을 진정하는 대로 아빠와 통화를 해도 된다는 것이었다.

마음을 진정시키는데 시간이 좀 걸렸다.

마음을 가라앉히고 수화기 번호를 눌렀다. 신호가 가는 소리가 들린다.

남편 목소리였다. "Hello! How's school?"하고 묻는다.

서로 사랑한다고 말하고서 이런저런 얘기를 하였다. 그저 나는 아무 것도 모른 채 해야 하므로….

얼마를 그렇게 얘기를 했을까? 입원실 안으로 의사들과 간호사가 들어오는지 분위기가 어수선했다.

나는 통화를 끊어야 할 시간인 것 같았다. 미국 의사들은 아침 일찍 입원실에 들어온다.

아침 일찍 움직여야 한다.

광주 전대병원에 가서 실을 뽑기로 예약이 되어있어 강진 버스터미널에서 7시 45분 버스를 타야 한다.

이 선생님께서 버스터미널까지 데려다 주셨다.

나는 버스 안에서 이런 생각을 하였다.

이렇게 아픈 마음으로 공부를 꼭 해야 하나?

지금 나는 한국에 있으며 미국에 있는 남편이 너무 걱정된다.

또한, 남편은 나에게 항상 잘했다.

우리는 함께 많은 세월을 밉든 곱든 함께 동고동락해온 부부가 아닌가! 이 세상 어느 누구보다 더 믿을 수 있는 우리는 가족이다.

남편을 사랑한다. 전대병원에서 실을 빼고 버스 타고 집에 온 나는 미국 병원에 입원해 있는 남편한테 전화를 걸었고 그는 아마 내일 집에 갈지 모르겠다고 했다. 그는 집에 가야 한다고 생각하고 있다.

많은 검사가 끝났으나 뚜렷한 병명을 찾지 못하고 현재 먹고 있는 모든 약을 새로 다 바꿨다고 했다.

새로운 약을 먹었는데 혈압이 많이 내려갔단다. 그 말을 들으니 아주 안심이 되었다. 항상 사랑해요. 여보!

오늘은 빼빼로 데이이다.

나는 어제 미리 반 아이들에게 **빼빼로**를 나누어줬다.

수업이 끝나고서 유효순, 김정숙, 김양숙, 이혜숙이가 내 집을 방문하였다. 우리들은 차를 마시며 과일도 먹고 수다도 떨었다.

🐚 코스모스

벼가 누렇게 익어가는 황금빛 들녘 길에 활짝 핀 코스모스가 바람에 휘날리고 있습니다. 연분홍색, 흰색 다양한 코스모스를 당신과 함께 항상 그렇게 볼 줄 알았습니다.

내 곁에 있어주던 당신이 소중하다는 걸 예전에는 미처 몰랐습니다.

당신과 함께 가을꽃 코스모스를 소녀 같은 그런 마음으로 보았습니다.

그리고 며칠 후 당신은 나의 배웅을 받으면서 인천국제공항 출구를 나가 거대한 비행기에 몸을 싣고서 태평양을 향해 그렇게 날아갔습니다.

이 가을 코스모스는 제게 또 하나의 아름다운 추억을 만들어 주었습니다.

새벽 1시 30분까지 책을 읽었다.

아침 6시 30분 전화 소리가 조용한 아침을 깨운다.

아침 일찍 걸려오는 전화는 미국 남편이 거는 전화라는 걸 알고 있다.

수화기를 들은 나는 "Hello, Husband."라고 말했다.

오늘은 우리가 처음 만난 지가 38년째 되는 날이란다.

나는 깜빡 잊고 있었는데 남편은 잊지 않고 있었다니 조금 미안한 생각이 들었다.

애들 키우면서 직장 생활할 때는 바쁘다는 핑계로 지금에 와 생각해 보니 그때가 더 좋았던 것 같다.

저녁 식사를 마치고 나는 메리를 데리고 산책을 하였다.

그동안 외로웠던 마음도 강아지 메리가 온 후론 메리에게 많은 정을 주며 나아졌다.

학교에 갔다가 집에 오면 꼬리를 흔들고 어찌나 반갑게 맞이해주는지.

메리는 아직까지 단 한 번도 짖지를 않고 집 안에서 대소변도 누지 않는다.

신문지를 깔아줘도 베란다에 내놔도 화장실 안에 가두어놔도 밖에 데리고 나가 가만히 대소변을 보지만 그래도 나는 메리를 무척 예뻐해 주었다.

☕ 그리움

보고픈 당신의 모습이

내 마음 저 깊은 곳에

머물기에 나를 아프게 합니다.

당신의 숨결이 바람결을

타 고와 나에게 속삭이는 듯

나의 귀를 의심케 합니다.

때르릉 때르릉 전화선을 타고 온

다정하신 당신의 목소리

오늘도 좋은 하루가 될 듯하다.

✎ 비. 2010. 3. 2. 화.

이제 봄방학도 끝나고 오늘은 2학년 첫 등교하는 날이다.

1학년 때 담임을 맡았던 박재홍 선생님은 강진군 대구면 중학교로 가시고 새로 지은 체육관에서 오늘 환영식이 있었다.

새로 오신 김경섭 교장 선생님을 비롯하여 몇 분이 새로 부임하셨다.

그리고 나는 2학년 1반이 되었다.

나의 담임선생님은 새로 오신 박현삼 선생님이시며 연세는 41세에 고향은 진도란다.

선생님 말씀이 우리 반에 자기보다 연세가 많은 분께서 계시는데 참으로 어렵단다. 그리고 내 얼굴 보기가 민망스러우신가 보다.

오늘 밤 손수 편지를 써서 내일은 담임선생님께 갖다 드려야겠다.

새로 부임해오신 담임선생님도 그렇고 처음으로 한 반이 된 급우들, 오늘은 모두가 다 낯선 얼굴이다.

박현삼 선생님께!

선생님께서 강진여중에 부임해오심을 진심으로 환영합니다.

그리고 앞으로 일 년 동안 우리들 담임을 맡아 주셔서 감사드리고요.

선생님 제자가 됨을 영광으로 생각합니다.

제가 부족한 점이 많더라도 넓으신 마음으로 이해해주세요. 선생님!

한국 예절을 떠나 학교에서 저는 분명히 학생 신분이며 우리는 엄연히 스승과 제자 사이입니다.

저를 부르실 때 '춘'이라고 불러주시면 감사하겠습니다.

기술 박현삼쌤　　국어 정미숙쌤　　영어 최근영쌤　　수학 김인순쌤

오늘 첫 수업은 도덕이다.

오늘우 도덕 시간에 어제 있었던 이야기를 해야 할 것 같았다.

어제 유지우가 12시 45분에 나와 함께 급식실에 갈려고 우리 반에 들어왔다가 우리 반에 있는 한 아이로부터 쫓겨났다는 말을 이하은이가 전해주었다.

하은이의 말을 그냥 넘겨 들으면 어제 아무 일이 없었던 것처럼 되겠다는 생각도 해봤다.

곰곰이 생각해보니 작년에도 1학년 4반에서 조그만 권영숙을 애들 몇이서 얼마나 괴롭혔는가? 견디지 못한 영숙이 작년에 결국 전학을 가고 말았다.

매일 점심시간만 되면 영숙뿐만이 아니라 소외당한 애들이 내 곁으로 온다. 얼마나 소외를 당하고 있으면 할머니뻘인 내 곁으로 올까?

그래 물질적인 도움은 못 주더라도 내가 강진여중에 있을 때까지만이라도 소외당한 아이들이 더 이상 왕따를 당하지 않도록 도와주고 싶었다.

그때 첫 수업 종이 울리고 우리 2학년 1반은 도덕실로 향했다.

그리고 나는 도덕 선생님께 어제 있었던 일을 말씀드렸더니 도덕 선생님 눈이 갑자기 커지면서 얼굴 표정이 변했다.

그리고 나에게 "춘, 쉬운 일이 아닐 텐데 그래도 하시겠어요?"하고 물으신다.

나는 도덕 선생님을 향해 "예, 할 겁니다. 해야지요, 그리고 누군가 해야 할 것 같습니다."라고 말했다.

도덕 선생님 말씀은 작년에는 한마디 말씀도 하지 않으셨다.

"선생님! 처음 1년 동안은 누가 옳은지 그른지를 지켜봐야 하지요."

도덕 이선자 선생님이 신나신 모양이다.

"춘, 바로 이겁니다." 그리고 도덕 선생님께서 먼저 아이들에게 약간 설명을 하신 뒤 나더러 자리에서 일어서서 어제 있었던 얘기를 하란다.

나는 자리에서 일어나서 "학생 여러분, 옛 속담에 이런 말이 있지요. '거지에게 돈냥은 주지 못할망정 쪽박은 깨지 마라.' 그 속담을 여러분에게 말하고자 하는 이유는 약한지를 돕지는 못하더라도 그 애들을 미워하지는 마시라는 것입니다." 그리고 어제 있었던 얘기를 하고서 자리에 앉았다.

도덕 선생님께서 막 말씀을 하시려는데 자리에서 한 아이가 양심적으로 일어선다.

대부분 아이들은 내 말에 찬성하였다.

오늘도 담임선생님은 가정방문을 가셨다.

애들 절반이 교실에 남아 자유 시간을 보내고 있었다.

그때 실장 이효심이가 내 곁에 와서 앉는다.

우리는 이런저런 얘기를 나눴다.

실장이 나이는 어리지만 성격도 활발하고 공부도 잘하고 마음과 얼굴도 예쁘고 모든 것이 다 예쁘고 똑똑한 효심이, 그래 그런 네가 좋다는 생각이 든단다.

어제 아침에 딸과 통화를 하고서 온종일 마음이 아팠다.

솔직히 말해 딸마은 행복하게 사는 줄 알았는데 이혼을 하겠다는 딸.

얼마나 힘들고 아팠을까?

그토록 한 남자밖에 모르던 내 딸이 이혼을 자청하고 나선 것이다.

그래, 딸!

지금은 가슴이 아프겠지만 시간이 지나면 아픈 상처도 차차 아물어질 거야. 지금 네 곁에 있어주지 못한 엄마 마음도 너처럼 아프기는 마찬가지란다.

딸아!

흘러간 강물이 되돌아오지 않듯이 모든 걸 잊어버리고 하루속히 새 출발 하기 바란다.

엄마, 아빠가 살아있는 한 내 모든 것을 동원하여 너를 돕겠다.

사랑하는 내 딸!

너는 반드시 일어설 수 있을 거야.

그리고 네가 자식들을 사랑하듯이 엄마 역시 항상 너를 아주 많이 사랑한단다.

오늘 아침에도 나는 학교 현관에 들어서자 제일 먼저 반 열쇠부터 챙겨 들었다.

그리고 막 도착한 오늘 신문을 집어 든다. 신문과 반 열쇠를 손에 쥔 채 내가 제일 먼저 하는 일은 열쇠로 교실 문을 열고 들어가 창문을 연다. 여중에 입학한 첫날만 빼고서 하는 일이다.

창문을 열어놔야 교실 안 공기도 좋을뿐더러 무엇보다도 교실이 덥기 때문이다. 그리고 나는 교복으로 갈아입는다.

매일 아침 그렇게 똑같은 일을 다람쥐 쳇바퀴 돌 듯한다.

그리고서 자습을 한다. 반 애들이 한 명 두 명 오기 시작한다.

그러다 여러 명이 모이게 되면 조용하던 우리 반 교실은 부산에 있는 자갈치 시장은 저리 가라 할 정도로 시끄럽고 소란해진다.

그래도 나는 여전히 내 할 일을 할 뿐이다.

오늘 아침에도 복도 저쪽에서 요란한 소리가 들려온다.

한 여자아이의 소리였다.

나는 속으로 저 애들 재미있게 노나보다 하고 생각했다.

헌데 여자아이 목소리가 갈수록 더 커졌다.

5분 정도 됐을까? 똑같은 목소리가 비참할 정도로 들려온다.

그때 나는 고개를 들어 교실 안을 둘러보니 몇 명이라도 있어야 할 아이들이 단 한 명도 없어 좀 이상하다고 생각했다.

그때, 우리 반 아이 몇 명이서 교실에는 들어오지 않고 교실을 지나

재빨리 뛰어가는 게 아닌가! 나는 자리에서 일어나 복도로 나갔다.

비참하게 들리는 목소리는 2학년 3반 교실에서 들려왔다.

2학년 2반 교실을 지나는데 2반 교실에도 학생이 한 명도 없었다.

2학년 3반 교실 문 앞에 도착했더니 그 반에 있는 애들 둘이서 싸우고 있었다. 사실 싸운다기보다는 체격이 작은 유지우란 아이가 이승아의 머리채를 잡고 흔들고 있었다. 머리채를 잡힌 승아는 허리를 반 정도 굽힌 채 지우가 힘껏 끌고 가는 데로 질질 끌려다니면서 소리를 지르고 있었다.

그렇게 승아는 지우에게 잡힌 머리채 때문에 고개를 못 들고 도움을 청하건만 아이들은 신이 난 모양이다.

구경하면서 핸드폰으로 사진을 찍는가 하면 친구들에게 전화를 걸어 좋은 구경거리가 생겼으니 어서 오라고 한다.

나는 지우를 달래면서 지우의 손을 잡아 승아의 머리카락을 놓게 하였다. 승아는 나의 얼굴을 보자 더욱더 서럽게 울었다. 나는 승아가 힘도 없고 엄마도 없다는 것을 이미 알고 있었다.

승아를 데리고 우리 반으로 데려와서 의자에 앉혀놓고 승아의 머릿속을 보니 한 곳은 머리카락이 꽤나 빠져있고 피도 나고 여기저기 머리카락이 많이 빠져있었다. 치료를 해야 될 것 같았다.

승아를 데리고 교무실로 갔다. 헌데 아직 출근한 선생님이 한 분도 없으니 할 수 없이 기다리는 수밖에….

조금 후 교감, 교장 선생님이 오신다. 나는 교감 선생님께 약간의 설명을 드리고서 교실로 돌아갔다. 싸움을 말릴 생각은 안 하고 구경을 하면서 쾌감을 느끼는 요즘 아이들 속을 전혀 알 수가 없이 무섭다는 생각이 들었다. 아래는 내가 바라본 강진여중의 모습이다.

🍂 작은 채송화

내가 매일 보는 꽃들은
어제도 오늘도 아름답게 피고 있습니다.
키 큰 해바라기 꽃, 담장 밑에 올망졸망 피어있는 작은 채송화들
키 큰 해바라기를 부러워하지 않습니다.

소박하고 일편단심 민들레는 수줍음을 타지요.
아침 이슬을 머금고 갓 피어난 하얀 순결함을
나타내는 백합꽃을 그저 보는 것만으로도
아름답다는 생각이 듭니다.

혼자서는 설 수 없는 담장 넝쿨 장미도 있습니다.
가시 돋친 장미는 때로는 작은 채송화들을
괴롭히고 상처를 줍니다.

키 큰 해바라기도 소박한 민들레도 하얀 백합도
아파하는 작은 채송화를 외면해 버립니다.
작은 키의 병 약함보다는 모든 꽃들과 함께
어울릴 수 없는 자신을 더욱 슬퍼합니다.

지금 시각은 오후 3시 20분. 일본 도쿄공항.

미국 집에 가기 위해 어젯밤 한국 집에서 저녁 7시에 이 선생님과 함께 강진 버스터미널에 갔다. 광주로 가는 버스가 밤 8시에 출발이란다.

터미널에서 광주로 가는 학생 버스표를 사 가지고 자리에 막 앉으려고 하니 막 구워낸 뜨거운 고구마를 이 선생님이 사왔다.

겨울이라 버스터미널 안이 싸늘한데 뜨거운 고구마를 보자 마침 잘됐다는 기분이 들어 맛있게 잘 먹었다.

그리고 우리는 8시에 떠나는 버스에 올라탔다.

광주 버스터미널에 도착하자 밤 9시 15분이 되었다.

인천공항에 가는 첫 버스는 새벽 12시 30분에 출발이란다. 추운 터미널에서 그렇게 3시간 15분을 기다렸다.

인천공항에 도착하니 새벽 4시 5분이었다. 공항은 버스터미널과는 달리 따뜻하였다. 2시간을 벤치에 앉아서 시간을 보냈을까?

자리에서 일어나 우리는 내가 도착할 목적지로 가방을 부치고서 2층에 있는 식당으로 갔다. 창문 옆에 앉아서 1층을 내려다보며 지나는 사람들을 보면서 한식으로 아침 식사를 마치고 1층에 있는 커피숍으로 갔다.

그곳에서 커피를 마시면서 이 선생님에게 그동안 나를 보살펴 주신 점에 대해 감사하다는 말씀을 드렸다.

이제 2시간 후면 비행기에 탑승할 시간이다. 이 선생님 혼자서 강진으로 돌아가야 한다는 생각보다는 작년에 미국 집에 못 갔는데 2년 만에 집에 간다는 생각 때문인지 그저 마음이 설렐 뿐이었다.

간밤에 또다시 내린 눈으로 오늘도 학교는 문을 닫는단다.

이른 아침부터 내리기 시작한 눈이 종일 쉬지 않고 계속 내리자 어린 손자와 손녀는 신이 났다.

딸과 함께 아이들을 데리고 밖으로 나갔다. 우리들은 눈으로 산을 만들었다. 딸과 함께 쌓아올린 눈이 제법 높았다.

쌓아올린 눈 밑에 삽으로 굴을 뚫어 긴 통로를 만들고 언덕 위에서 썰매를 타고 눈사람을 만들기도 하였다.

점심을 먹은 오후에는 손자와 손녀를 데리고 쇼핑을 갔다. 이제 며칠 후면 나는 다시 한국으로 돌아가기 때문이다.

딸 생일이 9일밖에 남지 않아 손자 손녀들이 엄마 생일 선물을 사는 걸 돕기 위해 쇼핑을 갔다. 손자는 7살, 손녀는 10살. 손자와 손녀는 본인들 돈으로 엄마의 생일 선물을 샀다.

7살 먹은 손자 지갑 속에는 33불이 들어있었다. 손자는 28불짜리 목걸이를 사고 싶어 했으나, 28불짜리 목걸이를 사게 되면 세금에다 생일 카드를 살 수가 없었다. 목걸이를 포기하고 돌아서는 7살짜리 손자를 보는 게 안타까웠지만 혼자서 해결하게끔 그저 지켜보았다. 28불짜리 목걸이를 포기했지만 대신에 17불짜리 목걸이와 생일카드를 합해 21불이 조금 넘는 것을 혼자서 척척 잘 사서 해결한다.

7살 먹은 어린 나이에 어디서 저런 사랑의 표현을 할 수 있을까? 이제 쇼핑이 모두 끝나자 나는 손자와 손녀를 남편에게 맡기고서 나 혼자 가서 방금 전에 손자가 그렇게도 사고 싶어 하던 목걸이를 샀다.

며칠 후에 손자에게 주면서 '네가 엄마 생일 선물로 사주고 싶어 하던 목걸이란다.' 그렇게 해주고 싶어서였다.

회사에서 두 번째로 높은 자리에 있는 사위는 어쩌자고 바람이 났는가?

그 좋은 집도, 모든 것도 뒤로 한 채 엄마를 따라 외가인 내 집으로 온 손자 손녀를 남편과 함께 힘껏 돌봐주리라. 오늘 밤은 손자 손녀 5명을 데리고 저녁 나들이를 나갔다.

🖉 맑음. 2011. 1. 28. 금.

이제 3일만 지나면 나는 한국으로 다시 돌아가야 한다.

오늘은 오랜만에 따뜻한 햇빛을 볼 수 있어 손자와 손녀가 기분이 좋은가 보다.

오늘은 학교 선생님들 회의 때문에 학생들이 학교에 가지 않아도 되는 날이다.

딸은 아침 식사를 마친 뒤 아이들을 밖으로 데리고 나가서 함께 놀아준다. 점심시간이 되자 잠시 집 안으로 들어와 점심을 먹은 뒤 애들과 또다시 밖으로 나가 집 뒤뜰에서 아이들과 함께 큰 눈사람을 만들면서 논다. 그러는 딸의 모습을 창문 밖으로 바라보는 내 마음이 잠시 아파져 오다가 이런 생각이 들었다.

내가 젊었을 때 남들처럼 놀았더라면 지금 현재 내 딸과 내 손자 손녀가 저렇게 행복하게 뛰어놀 수가 있을까?

나는 젊었을 때 앞만 보고 살아왔다. 비록 작은 투자였지만 그래도 투자를 했던 것이 지금은 결실을 보고 있다.

높은 자리로 승진하여 돈을 잘 버는 사위는 이제 자식과 부인도 몰라본 채 돌아섰으니 목에 힘주는 사위를 원망한들 무슨 소용이 있겠는가!

사랑하는 딸과 손자, 손녀가 마음껏 행복하게 살 수 있는 공간이 내게 있다는 것만으로도 나는 행복하다.

✏ 눈. 2011. 1. 31. 월.

며칠 전부터 뉴스에서 일기예보가 내 마음을 안타깝게 한다.

2월 1일, 내일 새벽이면 공항에 갈려던 내 생각과는 달리 어젯밤부터 내리기 시작한 진눈깨비가 계속 내리면서 온 시야는 고드름과 아스팔트 길이 유리알처럼 장식되어있었다. 뉴스에 의하면 앞으로 더 많은 눈이 올 거란다.

좀 더 집에 머물면서 가족들과 함께 시간을 보내고 싶었는데, 날씨는 나를 그렇게 머물게 하지 않았다.

나는 큰아들과 함께 하루 먼저 집을 나서기로 하고 공항으로 가는 리무진을 타고 공항으로 가기로 하였다.

평소 같으면 남편이 항상 공항까지 바래다주는데 오늘만큼은 남편을 홀로 집으로 돌아가게 하고 싶지 않았기 때문이다. 모든 자동차가 거북이처럼 움직였다.

평소 같으면 2시간 거리인 길을 3시간이 지나서야 공항에 도착하자 이미 많은 비행기가 취소되어 시카고공항에 갈 수가 없었다.

걱정이 태산 같았다. 오늘 시카고공항에 가지 못하면 내일 한국 가는 비행기를 탈 수가 없기 때문이다.

다행히 운이 좋았던지 공항 직원 도움으로 국내선을 연결해주어 다른 비행기로 시카고로 갈 수가 있었다.

🖉 맑음. 2011. 2. 7. 월.

오늘은 개학 날. 개학 첫날 등교하는 귀염둥이 참새떼들은 방학 동안 더 예뻐져, 한 명 두 명 교실 안으로 들어오는 모습을 보니 방금 전에 물 마신 싱싱한 꽃봉오리 장미처럼 정말 예뻤다. 오늘은 개학 첫날이라 수업은 없지만, 교실 안에서 6과목 시간을 꼬박 보내야 한다.

나는 다행히 털실을 가져와 10살짜리 외손녀에게 줄 목도리를 열심히 짜고 있으면서도 마음은 집으로 달려가고 싶었다.

6천 마일이나 되는 멀고도 먼 엄마의 나라 낯설고 말 한마디 통하지 않는 곳에 엄마를 따라온 아들을 집에 홀로 남겨 놓은 채로 지금 이렇게 교실에 앉아있다니!

6교시가 끝나는 수업종이 울리고 청소가 시작된다.

청소를 마치자 담임 박현삼 선생님께서 종례를 해주신다.

손목시계를 들여다보니 오후 3시 35분. 나는 빠른 속도로 교실 안을 나와 복도로 나온다. 그리고 신발을 신는 즉시 밖으로 나와 많은 학생들 틈을 요리조리 비집고 빠른 걸음으로 뛰다시피 교문을 나선다.

마음 같아서는 남들 눈이 없다면 뛰어가고 싶었다.

종일 집에서 혼자 있을 내 아들 생각에 먼 시야가 흐려져 온다.

그때 내 머릿속에서 갑자기 꿈일 거야 하는 착각이 앞섰다.

미국에서 온 내 아들이 지금 한국에 있는 내 집에서 나를 기다리고 있기 때문이다.

내 아들과 단 1분 동안이라도 함께 더 있고 싶은 생각에 빠른 걸음을 재촉하는 내 등 뒤에서 차 클랙슨 소리가 들린다.

뒤를 돌아다보니 이 선생님이 이미 와서 나를 기다리고 계셨다.

이 선생님의 고마움에 갑자기 내 콧잔등이 시큰해 오면서 눈물이 왈칵 쏟아질 것만 같았다. 예전에 이토록 귀중한 시간임을 몰랐던 것을 느끼면서 집에 도착하는 대로 나는 아들을 꼬옥 껴안았다. 그리고 마음속으로 '아들, 늘 너를 사랑해.'라고 말했다.

그리고 맛있는 저녁을 만들어 먹었다. 봄방학이 되자 나는 아들과 함께 부산으로 서울로 여수로 하여튼 그렇게 많이 여행하느라 그동안 일기를 쓰지 못했었다.

아들이 한국에 와 있는 동안은 될 수 있으면 아들과 함께 시간을 보내기 위해서였다.

아들과 함께하는 시간은 너무너무 행복했고 아마도 이런 시간은 내 생의 마지막일 거라는 생각이 들었다.

물론 자식을 사랑하지 않는 부모가 있겠는가만은 나는 아들인데도 한국인들 앞에서는 아들이 아닌 것처럼 행동하였었다.

아들이 남 못지않게 인물도 잘생기고 키도 크고 미국인 아빠와 한국인 엄마 사이에서 태어난 혼혈아로서 인물만큼은 뒤지지 않는 자랑스러운 아들이다.

✎ 맑음. 2011. 3. 1. 화.

불안한 마음으로 팔뚝에 찬 시계를 들여다보니 이제 아들과 헤어질 시간이 몇 분 남지 않았다. 곧 아들과 헤어질 시간이 다가왔다는 생각에 내 주변에 있는 모든 사물들이 갑자기 흐려지기 시작한다.

금방이라도 어린아이처럼 터질 것만 같은 울음을 참는 순간 아들은 양팔을 넓게 벌려 엄마인 나를 꼬옥 껴안는다.

"엄마, 잘 있어. 한국에서 머물고 있는 동안 잘 해주신 점 고마워요."

가족이 있는 미국으로 돌아가는 아들이 기뻐하는 모습에 엄마인 나로서 아들에게 해줄 수 있는 말 한마디는 뜨겁게 목까지 넘어왔다.

바늘로 찌르면 곧 터져버릴 것만 같은 비눗방울 같은 눈물 때문에 나는 한마디 말도 할 수 없었다.

그리고 아들은 자동문이 열리는 출국장 문 안으로 그렇게 들어가 버린다.

자동문은 내 슬픈 마음을 약 올리는 듯 스스로 그렇게 출국 문은 닫혀버린다.

자동문이 닫히고 나는 그 자리에 그렇게 얼마를 더 서 있었을까?

그리고 자리를 옮겨 방금 전 아들과 함께 앉아있었던 자리에 앉았다.

그리고 연신 흘러내리는 눈물과 콧물을 닦으면서 아들의 체온을 느끼고 싶었다.

가방 속에서 털실을 꺼내어 뜨개질을 하였다.

잠시나마 슬픔을 잊고 뭔가에 마음을 집중시키고 싶어 뜨개질을 하다가 아들이 탑승할 비행기 시간에 맞추어 나는 자리에서 일어났다.

공항을 나와 광주로 가는 버스에 몸을 싣고, 어젯밤 아들과 함께 왔던 거리를 나 혼자 되돌아가는 버스에 몸을 맡긴 채 아들 생각에 시야가 흐려져 오는데….

✏ 맑음. 2011. 3. 2. 수.

오늘 중 3학년이 되고 보니 기분이 좋은 것 같다.

작년에 한 반이었던 아이들과는 다른 반으로 흩어졌지만, 하여튼 3학년이 되었다는 생각에 한결 마음이 가벼웠다.

오늘 개학 첫날에 새로 오신 영어 김정순 선생님께서 나를 바라보시던 어리둥절한 눈빛에 잠시나마 장난기 섞인 내 마음이 흐뭇하였다.

오늘 교무실에서 워낙 바빠 늦깎이 할머니 학생인 내가 3학년 1반에 있다는 말씀을 드리지 않았단다.

김정순 영어 선생님께서는 처음 인사 소개부터 줄곧 영어로 말씀하신다.

그리고 내 차례가 되었을 때 내가 영어로 내 소개를 하였을 때 다시 한 번 놀래신다. 내가 존경하는 사회 문미경 선생님께서 나의 담임이 되셨다.

✏ 맑음. 2011. 10. 7. 금.

돌아온 월, 화는 2학기 중간고사 시험 날이다. 그동안 나는 많고도 많은 갈등을 겪었던 것이 사실이다.

고등학교 진학을 하게 되면 또다시 내 가족과 생이별을 한다는 생각이 들었다. 그리고 어린 학생들과 앞으로도 만 3년을 더 부딪쳐야 하는 고민들….

오늘은 담임 문미경 선생님과 진로에 관한 이야기를 하였다. 그리고 선 고등학교에 진학하기로 결정은 내렸지만, 미국에 있는 가족에게는 아직 알리지 않았다. 내 나이에 중학교 졸업장만 받아쥐는 것도 참 감사하다는 생각은 들지만, 초등학교 1년과 중학교 3년을 보내고 겨우 졸업장만 쥔 채로 돌아간다는 게 왠지 너무 허무하다는 생각이 들었다.

내가 어릴 적에 유공자 자식들은 고등학교까지는 무료혜택을 받을 수 있었다는 기억이 난다. 그때는 중학교가 의무교육이 아니었으니까. 아직도 나는 봉사활동 시간을 더 채워야 할 것 같고 다음 달 초에 있을 기말고사도 대비해야 했다. 담임선생님 말씀이 봉사활동도 혜택을 받을 수 있다지만 내 몸 말짱해서 봉사활동마저 유공자 자녀의 혜택을 받고 싶지는 않았다. 그래서 고등학교 진학 문제 때문에 기말고사 시험을 일찍 치르게 되었다.

✎ 맑음. 2011. 10. 9. 일.

내일은 중간고사 시험 날이다.

요즘 며칠간을 계속 시험공부를 하다 보니 바람이라도 쏘이고 싶다는 생각이 들었다.

오후 늦게 갑자기 드라이브를 나섰고 '하저'라는 마을, 옛 이름은 '돈머리'로 가기로 하였다.

하저 마을 바다 건너편에는 망호란 마을이 있다.

나는 어린 시절 망호란 바다에서 가끔씩, 아니 몇 날 며칠을 오빠랑 둘이서 해가 저물 때까지 돌아오지 않는 어머니가 나룻배를 타고 오시기를 그렇게 기다리곤 하였다.

바다 건너편에서 오지 않는 나룻배를 원망하면서 서산으로 넘어가는 해를 볼 때는 왜 그리도 눈물이 나던지….

바다가 원망스러워 '아예 바다가 말라버리면 바다 위를 걸어갈 수 있을 텐데'하는 간절한 생각이 어린 나의 마음에 수백 번도 일곤 하였다.

헌데 오늘 막상 이곳에 와보니 몇 개월 전에 하저에서 출렁다리로 가위도 섬까지 연결되는 공사가 마무리되어 사람들이 걸어서 가위도 섬까지 갈 수가 있단다. 가위도 섬에서 망호까지 연결되는 공사는 내년 6월 달에 마무리가 된단다.

아직 개막식은 끝나지 않았지만, 오늘 내 강아지 복이와 함께 출렁다리를 걸어서 가위도란 섬까지 걸어가 봤다.

어린 소녀의 소원이 54년 만에 이루어졌지만 그래도 나는 행복한 여인이라고 말하고 싶다. 누가 뭐라고 하든 돌아온 2월에는 남편과 함께 하저에서 망호까지 바다 위를 걸어갈 것이다.

오늘은 고등학교에서 반 배치 시험과 면접을 보는 날이다. 즐거운 마음으로 전남 생명과학 고등학교에 도착하여 정문 앞에서 이 선생님이 운전하는 차에서 내리니, 이미 남학생 여러 명이 교문 밖에서 서성이고 있었다. 그들 곁을 지나 나는 곧장 학교로 갔다.

강진여중에 비해 고등학교는 훨씬 건물이 컸다.

교무실을 향해 걸어가고 있는 나를 힐끗 쳐다보는 남학생들을 뒤로 한 채 교무실을 찾았을 때는 고등학교 선생님들이 바쁘게 움직이고 있었다.

나는 도움을 청하였다.

어제 내 담임선생님으로부터 접수증을 받지 못했기 때문이다. 우리 반에서 생명 과학고를 갈 학생들은 접수증을 받았지만 내가 늦게 신청한 탓일까?

담임선생님 말씀이 내가 유공자이기에 그냥 교무실로 가면 된다고 하였다. 교무실에 들어가 내 소개를 하자 한 남자 분께서 나를 건너편 건물 3층으로 안내하셨다.

그때 누군가가 나를 부른다. 뒤를 돌아보니 도암중에서 온 박수빈과 이점순이였다.

오랜만에 본 아이들이라 반가워 한 번씩 꼬옥 껴안아주고서 남자 분을 따라 교실 안으로 들어가 보니 내 번호는 161번으로 맨 끝 번호이고 자리도 맨 끝이었다.

시험 날이니 이해를 하면서도 자꾸만 머릿속에 '왜 내 번호가 맨 끝 번호일까?'하는 생각이 들었다. 마지막 교실로 여학생이라고는 노인인 나 한 사람뿐이고 다들 남학생들이다.

잠깐 쉬는 시간에 복도에 나가 옆 교실을 들여다보니 그래도 함께 온 학생들 몇 명씩이 한 반에 있는 것을 보았을 때 기분이 언짢았다.

면접은 역시 맨 마지막이었다. 이미 면접을 끝내고 집으로 가버린 텅 빈 교실 안에 면접을 끝내고서 선생님께 여쭤보았다.

"왜 제 번호가 맨 끝 번호일까요?" 선생님은 모른다고 대답한다.

"저어, 반을 가를 때 여학생들이 섞여 있는 반이면 좋겠는데요."

면접 담당 선생님은 잠시 생각할 틈도 없이 이미 짜놓은 각본을 읽듯 이 곧바로 대답한다. "그건 안 돼요." 나는 더 이상 물어보지 않기로 하였다.

강진여중생들 학생들 몇 명이 "춘, 생명과학고에 가시지 마세요. 저희 랑 같이 성 요셉으로 가요."라고 졸랐던 기억이 났다.

그때, 면접 선생님 말씀이 여기는 남학생들이 많아서 말도 거칠고 여 중보다는 힘들 거라고 한다. 그러면서 "쉬는 시간에는 저희 쪽으로 오 세요. 어머님께서 오신단 말을 듣고 저희들도 걱정을 많이 했습니다."라 고 한다.

나는 속으로 '이 여선생님 좀 봐라. 나에게 병 주고 약 주고…'라고 했다.

그래서 나도 조금 심술 맞게 굴고 싶었다. 거 뭐랄까, 미국 사람들처 럼 말이다.

면접 선생님 말씀이 "대학까지 가실 거예요? 제과 자격증을 따서서 취직이나 제과점을 차리실 거예요?"라는 것이다. 그렇게 면접 선생님이 질문하자 나는 "선생님, 이건 개인적인 질문이십니까? 아직 고등학교 입학도 하지 않았는데 말이죠. 그리고 우선은 한 단계씩 해결해나가야 한다고 저는 그렇게 생각하는데요." 그러자 선생님은 더 이상 질문하지 않았다.

밀물처럼 몰려왔다가 썰물처럼 빠져 나가버린 학교 운동장 숲을 혼자서 쓸쓸히 걸어 나오면서 '학교에서 과연 나란 사람을 진정으로 생각했을까?'라는 생각을 했다.

그리고 김양숙이 '안돼요. 거기 가시면 안 돼요.'하던 말이 머릿속에서 빙빙 맴돌고 있었다.

🖉 눈. 2012. 2. 9. 목.

드디어 오늘이 내 중학교 졸업장을 받는 날이다.

내 나이 63세에 중학교 졸업장을 받는 날.

창피함보다는 마음이 뿌듯하다.

내 졸업식을 축하해주기 위해 사촌 동생 부부도 왔다.

뜻밖에 생각지도 않은 군수님 상을 받았다.

황주홍 군수님은 국회의원에 출마하기 위해 12월 30일 군수직을 그만두었고 지금은 그때의 부군수가 군수직을 맡고 계신다.

많은 축하 박수를 받으면서 졸업장을 받을 때 눈물이 나왔다.

분명히 울지 않겠노라고 마음속으로 다짐했었는데 교장, 교감, 그리고 모든 선생님들의 따뜻한 사랑에 그만 눈물을 보이고 말았다.

그리고 학부모 위원님들께 감사를 드린다.

내 포스터를 만드시고 청자로 만든 부부 밥그릇까지 챙겨주시니 말이다.

점심은 나를 축하하러 오신 여러 사람들과 함께 먹었다.

내 졸업 선물로 비용은 이 선생님이 지불하였다.

저녁은 종갓집에서 멋진 한식으로 수익이가 지불하였다.

새벽 일찍 자리에서 일어나니 밖에는 봄비가 내리고 있었다.

오늘은 나도 고등학생이 되는 날이다.

고등학교 입학식 날.

어젯밤, 잠은 오지 않고 눈만 멀뚱멀뚱하다.

내 입학식 날이니 기뻐해야 할 날인데 말이다.

학교는 집에서 걸어가면 20분 거리, 걸어서 가도 아주 짧은 거리이다.

고등학교 입학식이 체육관에서 끝나고 나는 1학년 5반이 되었다.

반에 가서 담임선생님 얼굴도 뵙고 점심시간이 되어 급식실에 가니 길게 늘어서 있던 중학교 때와 달리 조그만 급식실에서 우리 1학년들만 먹었다.

중학교 때보다는 더 낫다는 생각이 들었다. 오전에는 웃어야 할지 울어야 할지 하여튼 우스운 일이 벌어졌다.

화장실에 가려고 교실에서 나와 2층에 하나밖에 없는 화장실, 이름이 남자화장실이라 쓰여 있었다.

헌데 화장실 문 앞에 서 있는 남학생들, 화장실 안에 서 있는 남학생들. 화장실 안에는 담배 연기로 가득하였다. 보아하니 2학년들이란 생각이 들었다.

그런 그들에게 "여자화장실은?"이라고 물었다.

"1층이에요."라고 학생들이 대답했다.

1층에 가보니 '여자화장실'이란 글이 붙어있는데 남학생들이 화장실 안에 있었다.

나는 공손한 말로 "선배님들, 여자화장실에 남학생들이 있으면 우리 여자들은 어떻게 화장실을 사용할까?"라 따졌다.

남학생들 말이 "여자화장실은 2층에 있어요."라고 한다.

"남자화장실밖에 없던데…"

"아니에요. 이 화장실은요, 남자화장실이에요."

"그럼 왜 여자화장실이라고 쓰여 있어?"

그때 복도에서, 처음부터 보고 있던 교사인지 누구인지는 모르겠으나, "야, 팻말 갔다 제자리에 놔."라고 외치는 소리가 들렸다.

그때 한 남학생 "예." 대답하고서 팻말을 뽑아 2층으로 올라간다. 나는 남학생을 놓치지 않으려고 빠르게 계단으로 올라갔다.

'요 자식 봐라.' 남자화장실 앞에 갔더니 팻말을 떼어내고 여자화장실 팻말을 붙인다. 헌데 아직도 화장실 안에는 남학생들 몇 명이 더 있었다.

그때 나는 속으로 중학교 1학년 때 기억이 되살아났다. 철없는 여학생들에게 잘해줬더니 나를 골탕먹이던 그때처럼 그렇게 애들에게 잘해주고 싶은 마음은 추호도 없었다. 고등학생 첫날부터 첫 단추를 잘 끼워야 3년을 잘 버틸 수 있을 것 같아서였다.

화장실 안으로 내가 들어가자 남학생들 몇 명이서 재빨리 변기가 있는 안으로 들어가 문을 잠가버린다. 화장실 안을 둘러보니 여자화장실임이 분명하다.

담배 연기로 가득한 화장실 안에 대고 나는 남학생들을 향해 "나와, 나오라고!"라고 외쳤다. 남학생들은 말 한마디 하지 않는다.

이것 참, 뱃속에서는 소변이 가득 차서 일은 봐야겠고 신입생이 교실을 나와 이렇게 많은 시간을 허비하고 있으니….

그때 누군가 여학생들 두 명을 데려왔다. 여학생 두 명이서 화장실 안으로 들어오더니 나에게 깍듯이 인사를 한다.

나도 "안녕?" 인사와 동시에 "언니야, 언니야. 이 화장실 여자화장실 맞아?" 여학생 그렇다고 대답한다.

"그럼 왜 남학생들이 여자화장실 안에 있어?"

"어디요? 없는데요."

요것들 봐라. 이젠 아예 나를 가지고 논다. "지금 이 양쪽 안에 들어가 숨어있거든. 지금 문까지 잠가놓고 있잖아. 세 번째 변기가 있는 안으로 들어가 변기 뚜껑 위에 올라서서 보면 남학생들이 보일 거야."라고 했다.

한 여학생이 변기 뚜껑을 내리고서 변기 위에 올라서더니 옆쪽을 내려 보고선 "아무도 없어요."라고 시치미를 뚝 떼더니 변기 위에서 내려온다.

"좋아, 그럼 내가 직접 확인을 하지." 이번에는 내가 변기 위에 올라섰다.

그리고서 고개를 숙여 옆 칸을 내려다보니 남학생들 3명이 쭈그리고 앉아서 담배를 빨고 있다. 지금부터는 영어로 "Hello! Hello! 나오라고. 나가, 이 사람들아!" 큰소리를 내면서 "노인네가 화장실을 쓸려고 하는데 첫날부터 이렇게 힘들게 만들 거야?"라고 따졌다.

그때야 걸음아 나 살려 후다닥 뛰어 나간다.

그런 후 나는 화장실에서 볼일을 마치고 교실 안에 들어가 책을 읽었다.

나는 초등학교 동창생인 이점순이랑 짝꿍이 되었다.

첫 등교일인데다 모든 게 서먹서먹한 신입생들은 선배들 때문에 고양이 앞에 겁먹은 쥐들처럼 전부 다들 고개를 숙이고 얌전히 앉아있는데, 2학년들 몇 명이 즈그 마음대로 문을 열어놓고 들랑거린다.

1년 선배라고 선배 행세를 이렇게 해서는 안 되는 것을 모르는 철부지들 앞에 나는 자리에서 일어섰다.

그리고 양쪽 교실 문을 닫으면서 "왜 남의 교실 문을 열고 마음대로 들어오는 거야? 아무리 철딱서니가 없다고 선배면 선배답게 해야 후배들한테 존경을 받을 것 아니야. 내 말이 틀렸으면 말을 해 봐!"라고 외쳤다. 그리고 그때부터 2학년 학생 중 어느 누구나 교실 문을 열고 마음대로 들어오는 학생은 없었다.

오후 2시가 넘었을 때 교과서를 가져가라는 방송을 듣고서 우리 반 남학생들이 가더니 새 교과서를 가져왔다.

중학교 때는 우리들이 직접 가져왔는데 그래도 남학생들이 있어서 남녀공학이 좋은 것이다.

오늘 교과서 17권을 받고서 교과서 책을 잠깐 훑어보니 고등학교에서 배울 게 많다는 생각이 들었다.

미국에 있는 가족은 나를 기다리고 있었지만, 정말 고등학교를 졸업하고 싶다는 생각이 간절했다.

아침 일찍 선생님들께 보낼 안부편지를 썼다.

점심을 먹은 후 곧장 목욕탕에 들러 목욕을 마치고 시장을 봐 집에 돌아왔다.

열무로 물김치를 담그고 일주일 동안 먹을 반찬도 만들었다.

선생님, 안녕하세요?

정화자 선생님 귀하

저 춘이에요.

지금 밖에는 봄을 재촉하는 비가 내리고 있네요.

그동안 선생님 건강은 어떠한지요?

편지가 늦어서 죄송합니다.

중학교를 떠나 고등학교에서 적응할 수 있을까?

솔직히 말씀드리자면 속으로는 걱정도 했었지요.

혹시 짓궂은 남학생들과 부딪힌다면 어떻게 받아넘길까도 말이에요.

헌데 선생님!

제가 걱정했던 것과는 전혀 다르게 포근하고 소박하며 사랑스러운 남학생들이 많더군요.

처음 며칠간은 색다른 눈으로 보던 그들에게 저는 달콤한 사탕을 가지고 다가갔습니다.

그런 저의 지금 호칭은요. 누나, 할머니, 아줌마, 후배 춘이에요.

선생님. 저는요, 1학년 5반이고요.

저의 담임선생님은 우리 학교에 새로 부임해오신 54세의 박종출 교무주임입니다.

박종출 선생님 말씀이 이번 처음 부임하자 1학년 5반을 맡으라 해서 의아했는데 저를 만나고 난 후에 이유를 아셨답니다.

참 좋으신 분 같아요.

항상 성격이 좋은 김향숙이와 장은영이와 한 반이 되어 저희들은 공부를 열심히 잘하고 있습니다.

선생님께서 졸업 선물로 주신 이해인 수녀님의 사모곡을 3월 7일 자율시간에 읽으면서 선생님의 고마움에 어찌나 눈물이 나던지요.

헌데 그때 마침 남학생들 몇 명이 전날 종례를 마치지 않고 집에 먼저 가 담임선생님에게 손바닥 두 대씩을 맞을 때였습니다.

맨 앞좌석에 앉아있는 저는 흐르는 눈물을 참느라 혼이 났습니다.

선생님, 부족한 시간 중에도 보잘것없는 노인인 저에게 항상

용기를 불어넣어 주셨던 선생님을 제가 어찌 잊겠습니까?

선생님께서 주신 사랑의 보답으로 고등학교 졸업을 꼭 할게요.

선생님 항상 건강하세요.

특히 허리 조심하셔야 해요.

선생님을 항상 존경하고 사랑하는 제자 춘 드림.

흐림. 2012. 4. 2. 월.

'연구생이 되던 날'

아침 자율시간에 담임 박종출 선생님께서 내게 조용히 말씀하신다.

조금 후에 3학년이 나를 데리러 오면 함께 제빵실로 가란다. 그때 마음속으로 얼마나 기쁘던지!

하마터면 'Oh, Yes!' 영어로 대답이 나올 뻔했다.

아마 오늘이 첫날인가 보다.

조금 후 3학년 남학생이 교실 안으로 들어오고 나는 선배인 남학생을 따라 교실을 나와 제과제빵실로 향했다.

건물에 도착했을 때, 건물 밖에는 이미 3학년 선배들이 20명 넘게 밖에서 김정철 선생님을 기다리고 있었고 나를 보자 모두들 의아한 눈

빛으로 쳐다본다.

하지만 나는 그런 눈빛을 이해할 수가 있었다. 그들은 1학년 때부터 제과제빵에 관심이 있었단다. 직접 만들어보고 싶었지만, 그것은 생각 뿐 직접 실천할 기회는 2학년이 되고 식품과로 가야만 가능하단다.

그때 제빵실 문이 열리고 우리들은 실습실 안으로 들어간다. 김정철 선생님이 안내한 곳은 연구생인 나를 포함해 네 사람과 김정철 선생님까지 다섯 사람이 사용할 사무실이란다. 며칠 전에 교무실로 오라는 영어 선생님께서 나를 직접 데리러 오셨다. 교무실에서 제과제빵 김정철 선생님께서 나를 기다리고 계신단다.

처음 뵙는 김정철 선생님께 인사를 드리자 빵에 대해서 간단히 말씀하시고서 나를 연구생으로 뽑아주셨다. 감사하고 기쁘기는 하였으나 솔직히 다른 학생들에게는 미안한 생각이 들었다. 그리고 방과 후 역시 다른 몇 명의 학생들은 제빵에 가입되지 않았다.

오늘 첫 실습이 시작됐을 때 나는 선배들에게 친절히 대했다.

언니, 오빠를 호칭으로 불러주면서 이 탁자에서 저 탁자로 왔다 갔다 하면서 그들 설거지를 도맡아 해주었다. 학교 규칙으로 치면 그들은 분명히 내 선배님들이요, 오빠와 언니들이었다.

김정철 선생님께서 연구생으로 뽑아주셨다고 선생님 빽만 믿다가는 나는 곧 낙동강 오리 알이 될 것 같다는 생각에 선생님 입장을 생각해서라도 우선은 먼저 설거지부터 하기로 하였다. 선배들 설거지만 도맡아 하는 나에게 그들도 친절히 대해준다.

오후에 교실로 돌아오자 반 애들은 궁금해한다.

"춘, 어디 갔다 왔어요?"

"제빵실에."

"그럼 빵 만드셨어요?"

"아니."

"그럼 뭐 했어요?"

"설거지와 청소를 했어."

"왜요?"

"원래 실습이란 밑바닥에서부터 배우잖아!"

반 아이들에게 그런 나는 바보처럼 보이나 보다.

오늘은 설거지와 청소는 거짓이 아니었다. 누가 시켜서 청소와 설거지를 한 게 아니었고 나 스스로 그렇게 하고 싶었다. 그리고 계속 설거지와 청소만을 할 것이다. 언젠가는 선배님들도 그런 나를 좋아할 것이다.

✎ 맑음. 2012. 6. 2. 토.

새벽 5시에 일어나 마당으로 나가서 어제 봉사활동을 마치고 마트에 들려 사온 사골을 불 때서 뼈를 삶기 시작했다.

장작불을 피워 솥에서 김이 무럭무럭 올라오고 있을 때 미국에 있는 가족과 함께 먹을 수 있다면 얼마나 좋을까 하는 생각이 들었다.

딸에게 전화했더니 혼자 있다고 한다. 애들은 아빠가 주말에 데려갔단다. 남편이 바람을 피워 이혼하고 지금은 애들하고만 살고 있는 딸이 가엾기 그지없었다.

장작불이 타고 있는 동안 아침을 먹은 후 빨래를 해서 널고 있을 때 뒷집에 혼자 사시는 할머니께서 어제 담았다는 김치 한 사발을 가져오셨다.

나는 내가 만들었던 케이크를 드렸다.

나는 뒷집에 혼자 사시는 할머니께 가끔씩 먹을 것을 갖다 드린다. 할머니께서는 내가 시간이 없어서 김치를 담그지 못하는 것을 아시고 가끔씩 김치를 주신다. 새벽부터 장작불로 끓인 사골 국물이 반나절을 푹 끓였더니 국물이 뽀얗게 잘 우러났다.

아버지께서 6·25 전쟁 때 돌아가셨다는 말을 어머니께 들었다.

경찰이셨던 아버지는 지리산 토굴 작전에서 나라를 위해 목숨을 바친 분이시다.

전쟁이 일어나기 바로 전에 아무것도 모른 채 세상에 태어나 어머니, 오빠와 할머니 집에서 그렇게 살았다.

아마도 1962년도 그때쯤이었을까? 박정희 시대였던 그때에 어머니는 고리채 신고로 남들에게 빌려줬던 돈을 한 푼도 받지 못한 채로 마을을 떠나셨고 우리 남매는 할머니 댁에 맡겨졌다. 그리고 시집간 막내 고모가 아이들을 데리고 고모부랑 함께 친정 할머니 댁에 들어와 사셨다.

그때의 나에게 공부란 사치였고 구박 덩어리였으며 졸업을 몇 개월을 앞두고 졸업장을 받을 수도 없었다. 그랬던 내가 인내와 의지로 46년 만에 초등학교에 재입학을 하여 지금은 어엿한 고등학생이다. 60세

하고도 3살이나 더 먹은 내가 어린 급우들을 따라가는 것은 쉬운 일이 아니다.

공부는 분명히 때가 있다는 것을 스스로 느꼈다. 힘이 들지만 오늘도 열심히 즐거운 마음으로 공부하고 있다.

공부하려는 내 의욕과 용기는 누구도 꺾지 못할 것이다. 사람이 살아가는 방식이 각자 다르듯, 살아가는 목적을 분명히 알고 있다면 나는 이렇게 살아왔노라.

기차는 언제나 푸른 들판만 달리는 게 아니다. 어두운 터널 속을 달릴 때도 있다. 그렇다고 해서 기차가 어두운 터널 속만을 계속 달리는 것도 아니다.

목적지에 도달하기 위해 달리다 보면 푸른 들판을 달릴 때도 있고 어두운 터널 속을 달릴 때도 있지만, 기차는 반드시 목적지 종착역에 도착한다.

✎ 비. 2012. 7. 5. 목.

밤새도록 내리던 비는 아침에도 그칠 줄을 모른다.
교복은 일단 책가방 속에 집어넣어서 가져가기로 하였다.
걸어가다 보면 교복이 다 젖어버릴 것만 같아서였다.
올해는 일찍 찾아온 장마인지 요즘 며칠은 계속 비가 내리고 있다.
집 안은 못 견디게 더운 편은 아닌데도 장마로 인한 습기로 기분이

썩 좋은 편은 아니었다. 아침 일찍 서둘러 6시 30분에 집을 나선다.

집에서 기르고 있는 말티즈 이름은 복이.

내가 일찍 서두르자 까만 눈으로 초롱초롱 애처롭게 쳐다보는 복이에게 나는 "엄마 갔다 올게. 집 잘 보고 있어."라고 하며 집을 나섰다.

장대 같은 비가 쏟아진다. 책가방이 젖을까 봐 큰 우산을 쓰고서 학교까지 걸어가는 데 20분이 걸렸다.

아직 아무도 오지 않았다. 교실에 들어가 옷부터 갈아입고 교실 창문과 복도 창문을 열었다. 걸어온 탓에 얼굴에서 땀이 뚝뚝 떨어진다. 자리에 앉아 부채로 몸을 식히면서 오늘 있을 시험공부를 한다.

얼마쯤 시간이 지나자 장은영이가 왔다. 그리고 이건우가 교실 안으로 들어오더니 자리에 앉는다. 그때 내가 건우 곁으로 다가갔다.

미리 준비해 간 과자와 펩시 하나를 주면서 "건우야! 어젯밤 좋은 꿈 꾸었니?"라고 물었다. 건우는 "아니요."하고 싱긋이 웃는다. 어제 아침에도 펩시 하나를 건우에게 주었고, 지난주에는 아이스크림을 사주었다.

"건우야!"/ "네."하고 대답하는 건우에게 "너 96년생이지?" 물으니 "네."하고 대답을 한다. 건우가 어렸을 때 일어난 일이지만 얘기 들어서 알고 있을 거다 싶어서 2000년도에 있었던 9·11 테러에 대해 물었더니 "예, 알아요."하고 대답한다.

가지고 왔던 20불짜리를 반으로 접어 뉴욕에 있는 쌍둥이 건물이 타고 있는 모습처럼 보이게 만들어 건우에게 보여주자 신기한가 보다.

"건우야, 이 돈 너 가져." 건우에게 20불을 주자 건우가 좋아하는 모습으로 "2불짜리에요?"라 묻는다.

그때 교실 문이 열리고 최성수가 교실 안으로 들어온다. 성수가 우리 쪽을 보더니 "어, 20불짜리네. 건우야, 너 어디서 났어?"/ "춘이 줬어."/ "성수 너, 용돈 생겼구나."

건우는 아직도 20불을 2불짜리로 생각하고 있는 것 같길래 귓속말로 아무도 듣지 않게 나직한 목소리로 "건우야, 20불짜리를 2불이라고 부르면 남들한테 촌놈 소리 듣거든. 한국 돈으로 계산하면 지금 현재, 2만 3천 원. 하지만 써버리지 말고 비상금으로 가지고 있어."라고 말했다. 건우는 "네."하고 대답한다.

철없는 어린 사춘기 바구니 틈에 노인이라곤 나 한 사람뿐인 교실에서 계란으로 바위 치기로 살아남으려면 우선 건우부터 입을 막아야 할 것 같았다.

중학교에서는 아무도 모르게 고맙다는 카드 속에 때로는 삼만 원 내지는 이만 원, 만 원씩 초콜릿과 과자는 기본이고 때로는 반 전체 학생들에게 아이스크림이나 피자까지도 사주지 않았던가!

솔직히 말하자면 건우가 마음에 들었다거나 내게 노트 정리 도움을 준다거나 그런 것은 전혀 아니다. 내가 건우에게 이렇게 함으로써 내 마음이 편해질 것 같아서였다.

천 냥 빚도 한마디 말로 갚는다는 옛 속담처럼 우선 사나운 애부터 입을 막아두는 게 좋겠지.

간밤에 마당을 태풍이 휩쓸고 갔다. 텃밭 한쪽에 놓여있던 플라스틱 그릇이 바람에 날아가 텃밭 한가운데에 놓여있는가 하면, 아래채 방 한 가운데에다 말리기 위해 어젯밤 우산을 펴놨더니 태풍에 견디지 못하고 우산 철사 하나가 부러져 있었다.

우산은 2008년도 미주리주립대학 아시안 센터 김상순 교육장님께서 선물로 받아 그 해에 나와 같이 아시아나 비행기를 타고 한국에 온 귀한 우산이었다. 비 오는 날이면 나의 온몸을 비에 젖지 않게끔 감싸주던, 자랑삼아 만 4년이 넘도록 함께 동고동락했다. 내가 특별히 그 우산에 애착을 느낀 것은 우산에 영어로 쓰인 미주리주립대학 아시안 센터라는 글귀 때문이었다. 이제는 미국과 떼려야 뗄 수 없는 내가 태어나 자라온 내 고국인 한국보다는 미국을 택할 수밖에 없는 제2의 고향이라고 할까?

우산을 접을 수도 없어 방바닥에 그대로 둔 채로 안채로 들어가 공부방으로 들어갔다.

공부방 안에는 선물로 받은 우산 몇 개가 있기 때문이다. 집을 나서는데 가랑비가 내리니 다행이란 생각에 마음이 흐뭇하다.

1시간 전만 해도 빗줄기가 세차게 내리는 바람에 등굣길에 걱정되었는데, 매일 아침에 건너는 네거리 푸른 신호등을 건너 조금만 더 걸어가면 집 앞에 조그만 텃밭이 있는 집을 지난다.

가끔씩 텃밭 주인 할머니를 만날 때가 있는데, 오늘 아침에는 텃밭 주인 할머니가 텃밭 앞에서 양치질하며 서 계셨다.

"안녕하세요?" 인사를 드렸더니 "매일 아침 똑같은 시간에 어디를 가세요?" 묻는 것이다.

"저요? 학교 가는데요."

"선생인가?"

나는 할머니를 향해 "아니요. 저 고등학생인데요."라고 말했다.

"오메! 나이 잡숴가지고 공부를 어떻게 하시요?"

놀라는 텃밭 주인 할머니를 뒤로한 채 학교 교실에 도착한 나는 먼저 에어컨을 켜놓는다. 그리고 교복으로 갈아입는다. 걸어오느라 흘린 땀을 식힌 후 자리에 앉아 일기를 막 쓰려는데, 교실 뒷문이 열리는 소리에 고개를 돌려보니 순진하고 착한 남학생인 이서원이와 눈이 마주쳤다.

이서원이는 나를 향해 "안녕하세요?" 상냥한 얼굴로 인사를 한다.

서원이란 남학생은 예쁘고 착한 조미자이와 요즘 커플인 것 같다. 요즘 남학생들이 조금은 수그러든 것 같다. 올 한 해만 해도 학교에서 1학년 1명을 포함하여 퇴학을 당한 학생이 3명이나 된다.

우리 반 실장은 큰일을 저질렀는가 보다. 학교 안에서 쓰레기를 줍는 봉사활동을 하더니 기말고사 시험이 끝나자 아예 사회봉사로 학교에서 보내버렸단다. 등교도 할 수 없단다.

처음 만나는 사람의 이름을 기억하라.

타인을 편안하게 해주는 사람이 되라.

느긋하고 편안한 마음을 갖도록 노력하라.

이기적이 되지 마라.

모든 것을 다 알고 있는 척하지 마라.

평범하고 겸손하라.

자신의 성격 결함을 개조하라.

타인에게 도움을 줄 수 있도록 하라.

불평불만을 버리고 자신의 잘못을 솔직히 인정하라.

모든 사람을 진심으로 사랑하라.

주위 사람의 성공에 대하여 축하하라.

그리고 슬픔이나 실망에 처한 사람들의 삶을 위로하라.

당신과 함께함으로써 사소한 것일지라도

무엇을 얻을 수 있다는 생각을 갖게 하라.

생각하는 열정이 아닌 행동하는 열정을 갖겠습니다.

폭발 직전인 나의 일기는 그동안 내가 얼마나 힘이 들었는지를 말해
준다.

되도록 재미있고 예쁜 마음으로 예쁜 일기를 쓰고 싶은 마음이다.

나는 급식실에 함께 다니던 여학생인 장은영이와 김향숙이를 뒤로하

고 새로운 짝을 찾았다. 급식실에서 점심을 함께 먹으면서 식사를 먼저 마쳤다고 자리를 뜨는 장은영이와 김향숙이를 이해하고 또 이해하였지만, 아무리 시대가 바뀌었다고 해도 은영이는 할아버지와 살고 있고 향숙이는 온 가족이 함께 살며 할머니까지 계시다. 은영이 할아버지는 본인 집이기에 그래도 다행히 큰소리는 하시겠지만, 나는 향숙이의 할머니를 생각해봤다.

저렇게 버르장머리 없는 향숙이가 집에서 할머니에게는 어떻게 대할까? 앞에도 말했지만 새로 택한 조미자, 이하은, 김영희 우리 넷은 매일 함께 급식실에 가서 같이 점심을 먹는다.

급식실에서 줄을 서 있을 때 영희와 하은이 쟁반이나 수저, 젓가락을 집어 나에게 먼저 건네준다. 점심을 다 먹을 때까지 기다렸다가 내 빈 그릇을 그 애들이 들고 간다.

아무리 세월이 바뀌고 강산이 변한다 해도 조미자나 이하은, 김영희 그 애들은 소박하고 욕심이 없어 보인다.

오늘은 담임 박종출 선생님과 사회 유승복 선생님에게 내가 항상 해오던 내 노트에 사인을 받았다. 선생님들께서 예쁜 글씨로 간단히 메모를 남겨 주실 때마다 나는 많은 용기와 위로를 얻곤 하였다.

수업 시간에 영화를 보고 있는데 1학년 1반 여학생이 교실 문을 열고 조용히 들어온다. 얼마 전에 우리 학교로 새로 전학 온 유광석이는 우리 반이 되었다. 1반에서 온 여학생은 광석 여자 친구이다. 가끔씩 우리 반에 들어와 광석이 옆 좌석에 앉아 있다가 조용히 돌아가는 그 여학생 때문에 우리 반이 피해를 보는 것은 없다.

김향숙이로부터 전해 듣기로는 장은영이 김진규를 별로 좋아하지 않는단다. 김진규가 리더십이 없기 때문이란다. 몇 주 전에 장은영에게서 직접 들은 건데 진규가 보고 싶지 않단다.

5월 즈음에 은영이가 나에게 하던 말, 엄마를 싫어한단다.

이제 17살밖에 안 된 은영이는 어찌 저리도 지독할 수 있을까?

만으로 하면 겨우 16살인데 또 한 번 놀라게 한 것은 자기한테 이익 없는 사람은 싫단다. 그러고 보니 그 애는 항상 화장지를 내게서 가져간다. 과자 같은 것도 얻어만 먹지 단 한 번도 가져와서 나눠 먹을지를 모른다.

내 나이 63살 먹도록 저렇게 깍쟁이 계집애는 처음 본 것 같다. 은영이가 요즘에는 임영학이란 남학생, 공부도 잘하고 인물 좋고 조용한 영학이 옆에 자주 간다.

영학 바로 옆 좌석에 앉거나 영학이 잠시 자리를 비우면 영학이 자리로 옮기더니 책상 위에 머리를 숙이고 자는 척한다.

아무리 공부를 잘한다 해도 인성교육이 없으면 사회생활하는 데 힘들다는 것을 모르는 은영아! 콩 심은 데 콩 난다는 옛 속담이 있단다.

           ✐ 맑음. 2013. 3. 4. 월.

오늘은 고등학교 2학년이 되는 개학 날이다.

이틀 전 소나무 학원 원장님께서 직접 찾아 주셨다.

지난 늦가을부터 부탁은 들었지만, 원장님에게 직접 들은 게 아니고 소나무 학원의 직원에게서 들어 이미 알고는 있었다.

시간당 3만 5천 원을 주겠단다. 일주일에 6시간 강의를 하면 21만 원 이란 수입을 올릴 수가 있다는 말에 귀가 솔깃하였다. 버는 돈에 마음 이 끌려서가 아니라 미국 집에 있는 재산을 더 이상 축내기는 싫었고 그동안 갖다 쓴 돈만 하여도 꽤나 되었다.

아침에 체육관에서 신입생들 환영식이 끝나고 식품과 학생들만이 있 는 새로운 만남의 2학년 5반에 들어갔다. 앞으로 2년 동안을 함께 할 낯익은 순진한 반 아이들을 보니 그동안 꽁꽁 얼어있던 마음이 한순간 에 녹아내리면서 작년 일 년 동안 함께 했던 1학년 반 애들이 뿔뿔이 흩어짐에 고마움을 느꼈다.

1학년 때 한 반이었던 조미자와 최성수는 착하고 말썽을 부리지 않는 내가 좋아하는 학생들이며 한 반이 되어 앞으로 2년을 함께 한단다.

노트 정리도 깨끗하게 잘하는 김영희는 바람에 날아갈 것 같은 가냘 픈 몸매에 착하고 소박하며 이하은이는 항상 넉넉한 마음으로 나눠 먹 기를 좋아하며 중 1학년 때부터 알게 된 착한 학생이란 것을 중학교 때 일기에 이미 그 애 말을 많이 썼던 일이 있다.

초등학교 동창생인 이정훈이는 4년 만에 한 반이 되었으니 착한 이정 훈이를 나는 무척 좋아한다.

올 한 해 동안 담임을 맡아 새로 부임해오신 강경서 선생님은 교무부 장님이시란다.

반에 들어오신 선생님의 인사 말씀은 지난 14년 동안 담임을 하시지 않았고 교무부장은 원래 담임을 맡지 않으신데, 어찌 된 일인지 이곳 학교는 2학년 5반을 맡으라고 하셔서 신기하다고 하셨다. 아무래도 교감 선생님 부탁이었을 거란 생각이 들었다. 강경서 선생님은 식품과인 제과제빵 전문이시란다.

✎ 흐림. 2013. 3. 14. 목.

오늘 아침 미국에 있는 남편한테서 전화가 왔다.

우리는 20분쯤 통화를 했을까?

남편에게 항상 고맙게 생각을 한다.

학교에 가보니 오늘이 화이트데이란다.

화이트데이라는 걸 알았더라면 반 급우들에게 줄 사탕을 사가는 건데 모르고 사탕을 가져가지 않아 반 급우들 보기가 미안하였다.

아침 일찍이 등교한 나는 교실 청소를 마무리하였다.

다른 반 교실에 비하면 우리 반 교실이 더 깨끗하였으나 우리 반 급우들이 어찌나 사랑스러운지 내가 조금만 더 희생하면 우리 반 전체가 깨끗해 보이고 담임선생님께서도 기본이 좋아 우리 반 급우들에게 잘 하실 것 같다는 생각에 봉사를 하였다.

내일이면 개학한 지 이 주일이 되는데도 아직 미운 오리 새끼 한 마리가 없으니 나 또한 얼마나 기쁜 날이 되는지…. 반 급우들이 내 자식들처럼 예쁘고 귀엽고 사랑스럽다.

오늘 반 급우들에게 맛있는 사탕도 얻어먹고 기분 좋게 교실 안에 들어오신 담임 강경서 선생님께서는 아빠처럼 사탕까지 사오셨다.

1학년 때부터 점심을 먹지 않은 김영수를 달래 오늘은 함께 점심을 먹었더니 나의 기분이 무척 좋았다.

귀엽고 잘생긴 순진하고 모범 학생인 영수를 나는 무척 좋아한다. 나의 손자 같은 영수를 사랑해주고 싶고 도와주고 싶다. 헌데, 요 자식봐라! 종례 후 함께 교문을 나선 우리들이 영수네 집 앞을 거의 왔을 때 조그만 예쁜 선물 봉지를 교복 속에서 꺼내어 나에게 준다. 받지 않으려는데 엄마가 갖다 주라고 했단다.

조그만 예쁜 선물 봉지 안에는 올망졸망한 앙증스럽게 생긴 예쁜 사탕이 많이 들어있었다. 그렇잖아도 이 선생님더러 영수를 데리고 함께 목욕을 같이 가달라는 부탁을 주말에 했었다. 수줍음을 많이 타는 영수를 데리고 돌아올 올 여름방학 때 인천국제공항에 데리고 가고 싶다.

혼자서도 여행을 할 수 있다는 수많은 사람들이 오고 가는 인천국제공항에 데리고 가서 함께 점심을 먹고 싶다.

'영수야! 사랑해. 오늘도 우리 파이팅! 그리고 오늘처럼 너도 점심을 매일매일 먹는 거야.'

다음 주부터 가르칠 학원 원장님께서 우리 학교로 공식적인 협조문을 팩스로 보내신단다.

첫 월급을 받으면 우리 반 급우들에게 맛있는 것을 사주고 싶다.

담임선생님께서 나에게 종이 한 장을 주신다.

읽어보니 연구생으로서 내가 사인을 해야 한단다.

집 주소와 연락처를 적고 싸인을 하여 선생님께 드렸다.

속으로 기분은 좋았다. 연구생들은 반 아이들이 실습하는 것을 도와주고 본인 역시 자기가 만들고 싶어하는 것을 만들 수 있다. 작년까지만 하여도 연구생들은 3명이었는데 올해부터는 1명만 뽑는단다. 다시 연구생이 되어 기분이 참 좋았다.

4월 초부터 시작이 좋으니. 4월당과 함께 기분 좋게 보냈으면 한다.

헌데 마음 한구석에는 지울 수 없는 조그만 서운함이 자리를 잡을 것 같다는 생각이 자꾸만 떠올라 밀어내면 밀어낼수록 이건 아닌데! 란 생각이 든다.

오늘은 제빵 실습시간 4시간인데 첫 2시간은 반에서 담임선생님 이론으로 때우고 나머지 2시간은 초콜릿 컵케이크를 만든단다.

컵케이크를 만들기 전 오븐을 켜놓을 것, 손을 씻을 것, 핸드폰을 볼에 담아 놓을 것, 계량을 제대로 할 것 등.

헌데 계량도 채 끝나지 않았는데 마가린부터 볼에 담아 휘핑부터 한다.

"선생님, 계량부터 마친 다음 휘핑을 해야 하는데요." 선생님 말씀이 괜찮단다.

반 애들은 난리가 났다.

"춘, 탈지분유가 뭐예요?"

"춘, 마가린이 너무 딱딱해요"

볼에 담은 마가린을 한 아이는 볼을 잡고 있고 다른 아이는 휘핑을 한다.

"이하은, 볼은 잡아주면 안 돼. 혼자서 해야지, 볼이 움직이지 않게끔 젖은 행주를 밑에 깔고 선생님이 이렇게 하라고 했어."

나는 하은이의 말을 듣고는 다른 할 말이 없었다. 볼이 움직인다고 한 사람이 볼을 잡아준다면 내년 여름에 취업 나갈 아이들인데 어느 제과점 주인이 좋아할 리가 있을까? 다른 탁자들도 역시 마찬가지다. 한 아이는 볼을 잡고 있으니.

그런 그들이 계량해놓은 그릇들을 하나, 둘, 셋 탁자마다 세어보고선 이번에는 칠판에 쓰여있는 계량 개수를 세워보니 내 눈에 분명히 계량 개수가 칠판에 쓰여있는 게 한 가지가 더 많은 것 같았다.

다시 한 번 원, 투, 쓰리 세어봐도 칠판에 적혀있는 개수가 아이들이 계량해놓은 개수보다 한 가지가 더 적혀있었다.

몇 명의 아이들에게 "너 베이킹파우더 계량했니?

"네, 했어요."

"너는?"

"저도 했어요."

"김영희야, 너 베이킹파우더 계량했니?"

"네, 했어요."

"영희야, 그럼 베이킹파우더를 나 좀 보여줄래?"

영희는 "네."하고 탁자 쪽으로 오더니 조그만 비닐봉지 하나를 들어 나에게 보여주면서 "이거요."라고 한다. 조그만 비닐봉지 속에 들어있는 것은 베이킹 소다라는 것을 나는 이미 알고 있었다.

약자로 쓰여있는 BP란 빈 그릇을 선생님께 보여드렸다.

"선생님, BP가 하나도 없어요. 빈 그릇인데 아이들이 BP를 넣었다고 우겨대네요."

그때야 선생님께서는 사무실 안에서 BP 봉지를 한 개 가져오신다.

희미하게 쓰인 BP 그릇에 나는 매직 마크로 다시 한 번 크게 써놨다.

"영희야, 영희야, 탈지분유는 넣었니?"

"아니요."

계량하기 전 선생님께서 4권의 책을 나눠주시면서 탁자마다 책이 돌아갈 수 없으니 서로 나눠서 보란다. 외상으로 샀으니 깨끗하게 보란다.

오늘 초콜릿 컵케이크는 몇 페이지에 있으니 그것을 보고 계량을 하란다.

가뜩이나 부족한 책, 서로들 보겠단다.

그때, 나는 "선생님, 칠판에다 써주세요. 제일 간단한 방법이에요. 여태까지 그렇게 해왔어요."라 말했다. 그제야 선생님께서는 칠판에다 계량법을 적으신다.

도대체 "염불에는 관심이 없고 잿밥에만 관심이 있다."라는 스님들의 옛 속담처럼 지금 담임선생님은 교감으로 나갈 승진에만 신경을 쓰는 것 같다는 느낌이 와 닿는다. 제대로 된 재료 준비 없이 어떻게 실습을 할까 걱정이 된다.

6교시 수업이 끝나는 대로 택시 회사에 전화를 걸어 5분 만에 택시가 왔다. 가까운 거리라고 어린이 소나무 아동복지 센터에 도착하니 오후 3시 50분. 안에 들어서니 이 선생님은 열심히 아이들을 가르치고 있었다.

이제는 내 차례다. 화장실에서 손을 닦고 실습복으로 갈아입고서 오늘의 요리 스파게티 준비를 한다. 천진난만한 아이들은 신이 난 모양이다.
벌써부터 "선생님, 오늘은 뭐 만드실 거예요?" 야단법석들이다.
그런 아이들과 함께 스파게티 소스를 만들고 국수를 삶고 좀 더 정성스럽게 만들어 아이들에게 먹이고 싶다. 요리가 완성되자 아이들이 어찌나 들 맛있게 먹던지 대부분 아이들이 두 번씩 먹으니 말이다. 먹는 것은 좋아하는데 공부하기는 싫어하는 아이들에게 먹는 음식보다는 영어 단어를 한 자라도 더 배웠으면 하는 게 이 선생님과 나의 생각이었다.

✎ 맑음. 2013. 6. 21. 금.

어제 행정실에서 에어컨을 꺼버렸는지 반에 들어오는 좀 억센 아이들이 자리에 앉기도 전에 에어컨 스위치부터 확인한다.
첫 수업이 시작하기 전인데 벌써 몇 명의 아이들은 덥다고 야단법석이다.
첫 수업종이 울리고 5분 늦게 교실에 들어오신 문학 이정숙 선생님이 오셨다.

항상 간지럽게 말씀하시는 이정숙 선생님은 "애들아! 안녕?"이라 말한다.

몇 명의 아이들은 인사마저 생략한 채 덥다고 야단법석이다.

마지못해 이정숙 선생님은 행정실에 전화를 해보지만 아직은 덥지 않으니 에어컨을 켜줄 수가 없단다.

둘째 수업은 수학 신평식 선생님께서 오셨다.

신평식 수학 선생님은 40대이신데 때로는 재미있는 선생님이시다.

가끔씩 엉뚱한 말씀으로 딱딱한 반 분위기를 웃음바다로 만드시는 조그만 체격에 귀염둥이 선생님이라고 해도 될까? 내 일기인데 누가 뭐라고 할 사람이 있을까마는.

드디어 에어컨이 저절로 들어왔다. 그리고 두 시간이 지났을까? 추울까 봐 나는 미리 갖다 놓은 체육복을 입지 않았다.

헌데 이상하다. 약간 덥다는 생각이 든다. 나는 자리에서 일어나 에어컨 스위치를 확인해보니 25도로 되어있었다. 반 아이들이 더울 것 같다는 생각에 스위치를 눌러 23도로 내렸더니 김영수 "아무리 눌러도 25도로 고정된대요."라고 말한다. 영수의 말이 끝나자 스위치 확인을 해보니 25도로 올라있었다.

그저께 박준서 말이 괘씸하여 행정실에 다녀오고 어제는 담임께 말씀드렸더니 스위치 조종을 한 모양이다.

옛 속담처럼 천 냥 빚도 말 한마디로 갚는다는 게 아닌가!

자고로 사람이란 마음을 아름답게 가져야 하는 거다.

내 성격은 절대 남을 먼저 해치지 않는다. 건들지도 않는다.

하지만 내 앞에서 이유 없이 약자를 계속 짓밟는 자와 나를 비판한 자는 끝까지 싸워 꼭 이기고 만다.

그 이유는 내가 먼저 시작하지 않았기 때문이다. 법적으로 아직까지는 단 한 번도 져본 적이 없으니.

내가 학교를 다니면서 반 아이들 때문에 수없이 많은 감기에 걸리곤 하였다.

중학교 교실 안에는 선풍기 4대가 코너에 한 대씩 달려있다.

학교까지 걸어가는 싱싱한 아이들은 3월에도 창문을 열어놓고 선풍기를 돌린다.

학교까지 걸어갔으니 물론 땀이 날 수밖에 없으니 말이다.

노인인 나는 선풍기 바람을 맞으면서 감기로 인해 그동안 수없이 기침해댔는데도 단 한 명도 선풍기를 끄자는 아이가 없었다.

하여튼 한국은 목소리가 커야 한다는 사람들 말처럼 이제 참는 것도 한도가 있듯이 나 역시 지금부터 참지 않을 것 같다는 생각이 든다.

오늘은 창의 시간에 글짓기를 한단다. 헌데 김정희가 나에게 물어본다.

어떻게 써야 할지 모르겠다는 아주 소박한 정희의 말에 "정희야! 너의 마음속에 있는 아픔을 글로 표현해 봐!"라고 말했다.

정희가 "네."하고 대답하는 정희의 얼굴에 그림자가 보인다.

요즘 며칠은 넋 나간 아이처럼 멍하니 앉아있는 소박한 정희가 가엾다는 생각이 들었다. 글의 제목은 내가 지어주었다. 「작은 채송화」

이제 글짓기 시간이 끝나고 정희의 글을 받은 담임선생님이 읽어보셨나 보다. 돌려받은 글을 정희가 나에게 보여준다.

"정희야, 내가 읽어봐도 돼?"

글을 읽다가 가슴이 뭉클하였다. 눈물이 나올 것만 같았다. 의사표현을 잘 하지 않던 정희의 글 속에는 많은 상처가 있었다는 것을 느낄 수가 있었다. 글을 읽는 동안 나는 정희의 손을 꼬옥 잡아주었다.

쓸모가 없으면 헌신짝처럼 버리고 불러내어 협박하는 세상이 고르지 못하다는 생각이 들었다. 그동안 얼마나 힘들었을까? 얼마나 무서웠을까?

이제 청소 시간이다. 화장실 청소를 하는 정희가 나에게 조그만 쪽지를 건네준다. 읽어보니 이하은이가 화장실에 못 오게 하란다.

"정희야, 쪽지를 선생님께 드려야지. 나는 이하은이를 붙잡을 힘이 없어."

정희가 자리에서 일어나 선생님께 쪽지를 갖다 드린다. 선생님께서는 하은이를 부르신다. 선생님 곁으로 다가간 하은이. 선생님께서 무슨 말씀을 하시는가 보다. 하은이의 음성이 높아지더니 이제는 울기까지 한다.

바람이 불면 날아갈 것 같은 영희는 하은이의 비서라도 되는 양 하은이 곁에 당당히 서 있다. 참으로 안타깝다는 생각이 든다. 아이들이 이렇게 자라나는 이유는 어디에서 오는 걸까?

✍ 이주생활 2508 김 춘엽

태어나, 말과 글과 음식과

문화를 익힌 곳이 아닌 다른

나라에서 사는 것은 분명 고단한 일.

봄이 되어 분갈이를 해주면

한참 동안 나무는 새로운 흙에

적응하느라 온갖 애를 쓰게 되지요.

특히 다른 민족이 낯선 이국땅에

뿌리를 내린다는 것이 얼마나

어려운 일인지를 겪어보지

않은 사람은 모를 텐데….

✎ 맑음. 2013. 8. 5. 월.

미국에 사는 외손녀한테 생일 선물을 부치려고 읍에 있는 우체국에 가는 중인데 핸드폰이 울린다. 받아보니 이모님 아들인 이양근이었다.

이모님께서 어제 오후에 돌아가셨단다. 우체국에 들렀다가 집으로 와서 옷을 갈아입고 장례식장으로 갔다. 장례식장에 도착하니 이미 이모님 가족들과 많은 사람들이 와 있었다. 그중에는 서로 알아보지는 못하지만, 이야기를 하다 보니 54년 만에 만나보게 되는 사람들도 있었다.

이모님의 죽음은 갑작스러운 것은 아니고 전기 감전으로 인해 노인요양원에 입원하신 지 몇 년 되셨단다.

내가 2008년도에 한국에 다시 왔을 때 이모님은 이미 노인요양원에서 입원하고 계셨는데 아무도 알아보지 못하셨다.

그런 이모님은 한국의 발달한 의학과 노인요양원의 좋은 시스템 덕분에 2013년 8월 4일까지 살아오신 것이다.

내가 한국에 다시 와서 이모님을 처음 뵈었을 때는 이모님께서는 1년도 더 사시지 못하실 줄 알았는데, 어제까지 그렇게 병상에서 버티셨다니 무척이나 힘드셨을 거란 생각이 든다.

오늘 장례식장에서 또 하나 느낀 점이 있었다. 나의 이모님 장례식에 사람들이 많이 다녀가는 것을 보고 핵가족보다는 역시 대가족이 좋고 작은 일에도 서로 돕는 장점이 있다는 생각이 들었다. 마지막 가시는 이모님 장례식장 분위기가 행복해 보였다. 밤늦게까지 조문객이 많아 장례식장 안에는 앉을 자리조차 없을 정도였으니 나의 이모님께서 자식 농사는 잘 지으신 것 같다는 생각이 들었다.

아침 식사는 지난 주말 때 따놓은 무공해 호박을 쪄서 먹으니 그런대로 맛은 괜찮은 것 같다. 그 전에 써놓은 일기 몇 장을 읽어 내려가다 보니 내 생각은 여기서 잠깐 멈추었다. 생각을 해봤더니 그동안 내 마음의 병은 이미 치료가 다 되어있었다.

마음의 병을 내가 스스로 고치지 않았더라면 지금쯤 나는 어떻게 되어 있을까? 궁금하기보다는 치료됐다는 게 다행이란 생각이 들었다.

일기를 쓰고 있는데 휴양 차 제주도에 가 계신 주지 스님한테서 문자메시지가 왔다. 거소증으로 인해 며칠 전에 내가 괴로워했기 때문인 것 같다.

몸을 너무 힘들게 하지 말고 괴롭히지도 말라는 문자메시지에 고맙다는 생각이 들었다. 종교에 몸담고 계시는 스님들이나 목사님들의 관심과 사랑을 받기 위해 뭔가 좀 더 잘해드려야 하는 게 아닌가?

오래전에 시카고에서 유명한 조용기 목사님 설교도, 송용걸 목사님 설득도 나는 받아들이지 않았다.

내 어머님께서는 시카고에서 사실 때 순복음교회에 다니시는 진실한 신자로서 권사님이셨다. 본인 당신의 입에 넣으시는 것까지도 아끼시는 내 어머님은 적은 돈을 쪼개어 다달이 십일조에다 헌금에다 여러 가지를 제하고 얼마 남지 않은 돈에서 또다시 모으셔서 1990년에 목사님 삼백 불짜리 구두를 사 신으라고 주셨단다.

그것뿐만이 아니다. 내가 알게 모르게 내 어머님은 목사님들께 그렇게 하셨다. 내 어머님께서는 나를 오히려 나무라셨다. 돈 많은 사람은 목사님들께 얼마나 잘하는 줄 아느냐면서 말이다.

그런 어머님을 보아 온 나는 아직까지도 목사님들이나 스님들의 관심을 받고 싶은 마음이 컸다. 2005년도에 우리 부부가 한국에 한 달간 여행을 왔다가 우연히 광주에서 주지 스님을 알게 되어 지금까지 계속 자주 만나지는 않지만 2005년도에 한국 여행 왔을 때 며칠 간 도움을 받은 걸로 그렇게 인연이 되었다.

내 마음의 병이란 내가 나 스스로 만들지 않았을까 싶다. 말이 미국이지 내 고생을 어떻게 다 표현할 수 있을까?

살기 위해 도둑질만 하지 않고 인생의 밑바닥 일부터 시작한 나는 정말 살아보고 싶었다. 그리고 내 자식들만큼은 고생시키지 않고 배워서 잘사는 그런 유교적인 한국 풍습을 그대로 지니고 있다. 그래서 나는 내 몸을 전혀 돌보지 않고 직장을 2개나 가지고 있었다.

직장을 두 군데 다닌다 해서 남들처럼 돈을 더 많이 버는 것도 아니며 정말 죽지 못해 사는 이를 악물고 미국 사람들처럼 나도 살 수 있다는 한국 유교적인 강한 마음 하나로 그렇게 버티었다.

조금씩 모은 돈으로 부동산에 투자하고 자식들 역시 내 꿈대로 성장하고 보니 그동안 내 마음은 강철처럼 강하게 굳어져 있었나 보다.

남편과 자식들, 그리고 내 주변 모든 사람까지도 강한 사람으로 보니 말이다. 하지만 나의 마음은 그게 아니었다.

순한 양처럼 남편의 따뜻한 보호와 사랑을 받으면서 따뜻한 남편의 사랑스러운 말 한마디 "여보! 오늘 어땠어?" 고기 한 입이라도 썰어서 "여보, 이것 먹어 봐!"라는 말을 듣고 싶었다.

남편이지만 나에게는 진정한 남편인가! 자식들 역시 마찬가지였다. 엄마는 강한 사람이니까 괜찮아.

가족을 위해 희생한 나에게 돌아온 대가는 '엄마는 강한 여자'였다.

순한 양으로 돌아가고 싶었지만 이미 정해진 나의 강함을 가족들은 바꿀 줄을 몰랐다.

그리고 나의 마음속 병은 겉과 속이 다른 텅 빈 바람만이 지나는 구멍 뚫린 통로가 되어 버린 거였다.

가족들을 위해 울린 종소리는 결국 나에게 돌아온 것은 허전한 빈 껍데기일 뿐, 자식들의 꿈은 따로 있었다.

정년퇴직하고 모든 것을 남편에게 맡겨버린 채 이렇게 떠나와 있는 나의 마음을 내 가족은 엄마의 역할이 얼마나 중요한지를 뒤늦게나마 알게 되었다.

사람들은 누구나 다 사랑을 받고 싶어한다. 엄마도 그렇다.

✎ 호림. 2014. 1. 17. 금.

우와! 오랜만에 나만의 시간을 가져보는 날.

그동안 기말고사 시험 준비하느라 일기를 전혀 쓰지 않았고 기말고사 시험이 끝나고서 미국에 있는 집에 갈 준비로 무척이나 바빴기 때문이다.

복이(말티즈 강아지)와 함께 아시아나 비행기로 인천국제공항을 출발하여 시카고 오헤어 공항에 도착하니 남편과 큰아들이 나를 기다리고 있었다.

인천공항에서부터 케이지 안에서 14시간을 그렇게 꼬박 앉아있어야만 했던 복이를 공항 밖으로 데리고 나가니 14시간을 참아야 했던 소변을 어찌나 많이 누던지.

남편이 가져온 물과 개밥을 주니 그동안 배고픔을 달래느라 사료를 허겁지겁 먹는다. 시카고에 있는 중부 마트에 들러 시장을 본 후 큰아들이 7시간을 운전하여 집에 도착하였다. 집에 도착 후 말티즈 복이는 모든 게 바뀐 후유증으로 약 3주간은 고생을 많이 하였다.

그동안 나는 1년 내내 쌓인 먼지를 털고 쓸고 닦고 밤마다 가족들 저녁 식사 준비하느라 개인 시간을 낼 수가 없었다. 그래도 행복한 나날이었다. 그동안 얼마나 보고 싶었던 가족이었던가? 세상에서 가족만큼 소중한 게 없을 것 같다.

🖉 2014. 2. 6. 목.

오늘은 유치원부터 고등학교까지만 학교 문을 닫는단다.
남편과 딸은 미주리주립대학에 출근하였다.
저녁을 마친 후 딸과 함께 쇼핑을 나섰다.

딸 생일은 지난주였으나 아직 선물을 사주지 못했기 때문이다.

헌데 이놈의 미국식은 잘못돼도 단단히 잘못된 것 같다.

자식을 낳아 대학까지 가르쳐놨으면 그걸로 끝나야 하는데, 맨날 부모에게만 받으려고 하니 말이다. 자식이 결혼하여 이제는 자식의 새끼들에게까지 해줘야 하니….

한국 문화가 더 낫다는 생각이 든다.

🖉 맑음. 2014. 3. 3. 월.

오늘은 개학식이다. 그리고 신입생들 입학식 날.

이제 오늘부터 드디어 나는 고 3이 되는 날.

마음 같아서는 훌쩍 뛸 듯이 기쁜 날이기도 하다.

올 늦은 여름에는 미국에 있는 가족 곁으로 갈 수 있으니.

늦은 아침에 체육관에 모여 우리들은 새로 온 신입생들 입학식이 끝나고 반으로 돌아간 3학년 5반인 우리들은 교실 안에 들어오신 새로 부임해 오신 우리 반 담임이 되신 김효정 처녀 선생님을 뵙게 되었다.

젊디젊은 처녀 선생님치고 좀 깐깐하다는 생각이 들었다.

아침 8시가 조금 넘어 내 핸드폰이 울린다.

받아보니 진로 박미경 선생님이시다. 진로실로 와달라는 부탁이었다.

진로실에 가보니 박미경 선생님께서 좋은 소식을 전해주신다.

광주에 있는 '베베로'란 제과점에 취업을 할 수 있단다.

조건은 이곳 교육청에서 많은 돈을 지원받아 먼저 기술을 익히게 되며 베베로에서 3년을 일해줘야 한단다. 3년쯤 근무하다 보면 나에게 모든 좋은 기술을 알게 되고 미국에서 창업할 수 있는 기술을 익히게 된단다. 하지만 나는 사양했다. 아무리 좋은 조건이라도 이제는 가족 곁으로 가고 싶기 때문이다. 한편으로 기분이 좋았다. 내 나이에도 그런 좋은 조건을 가질 수 있다는 게. 한국 비리가 없어진다고 믿을 사람들이 있을까?

세월호 사고가 일어난 지도 벌써 한 달이 되었다. 세월호 사고 소식은 전국을 비롯하여 전 세계에 알려지고 세월호 회사 내 비리가 속속히 밝혀지고 있다. 지금 현재 15명의 간부가 구속되었다. 권력이나 이기적인 욕심 때문에 피어보지도 못한 어린 꽃봉오리들이 전국에서 두 번째로 조류가 심한 진도 앞바다에서 찬 이슬로 사라져야 했다. 좀 더 많은 생명을 구할 수 있었을 건데, 어린 생명들을 왜? 그렇게 떠나 보내야 했을까? 왜? 구조대원들은 늦장을 부렸을까?

세월호 사건으로 모든 기관 단체마다 약속이라도 한 듯이 너도나도 조용하다. 매년마다 스승의 날이면 교사들에게 감사하다는 카네이션을 달아드렸는데, 스승의 날인 오늘은 카네이션도 생략했다.

나는 오늘 작은 불씨 두 개를 발견했다. 하나는 가난하게 사는 김영수와 한중상이를 같은 반인 최성수가 성수 엄마가 회장으로 있다는 곳에 장학금 30만 원 수령자로 추천해준 것이었다. 그런 성수를 나는 무척이나 칭찬을 해주었다.

헌데 알고 보니 성수는 영수와 중상으로부터 각각 오만 원씩을 챙긴 것이다.

물론 영수와 중상이는 오만 원씩을 성수에게 주고도 개인당 25만 원이란 공돈이 생긴 것이다. 그렇게 되면 서로가 누이 좋고 매부 좋다는 옛 속담처럼 된 것이다. 장학금이란 진정으로 필요한 사람에게만 전달되었으면 하는 바람이다.

또 다른 하나는 우리 학교에서 매년 열리는 체육대회다. 1학년부터 3학년까지 같은 반끼리 한팀이 되는데 체육복을 꼭 입어야 한다고 정해져 있는 학교 규칙은 없다. 헌데 매년 3학년들이 체육복을 고르고 3학년들이 체육복 가격도 정한다. 그런데 체육복 가격을 후배들인 2학년과 1학년들에게 바가지를 씌우는 것이다.

물론 후배들이 알면서도 당하지만, 후배들이 3학년이 되면 후배들에게 대물림하기에 바뀌지 않는다. 하지만 5반인 우리 반은 지난 2년간 나 때문에 바가지를 쓰지 않았었다.

선배들에게 "선배님들, 착하게 삽시다."라고 좋은 말로 했더니 받아주었기 때문이다.

우리 반에서 제일 사납고 목소리도 크고 얄미운 여학생 한 명이 있다.

그 아이가 이번 체육대회에 입을 체육복 값을 거두어들인단다. 헌데 2학년들과 1학년들에게 개인당 몇천 원씩을 더 받는다. 몇천 원씩 더 받아 생긴 금액은 우리 반에 쓰는 게 아니었다.

내가 하고자 하는 말은 이거다. 작은 불씨가 큰불로 번진다. 고3이면 이제 곧 사회인이 되는 건데, 그리고 나라의 기둥이 되고 국민이 되는 건데, 내가 본 한국은 이처럼 아직도 비리가 많다고 본다.

8월 15일이면 음력 추석날,

추석날은 햇곡식과 햇과일의 추수감사절이 아닌가요?

음력이지만 8월 15일이면 모든 곡식을 거두어들일 수 있을까요?

추석을 왜 쇠어야 합니까?

남들이 하니까.

질문은 언제 합니까?

자유로울 때 합니다.

질문도 빼앗기고 이야기도 빼앗기고…, 왜?

내가 그렇게 살아야 하나요?

가장 중요한 것은 건강입니다. 그리고 행복.

사람의 양귀비란 네 번째로 치면 쾌락.

질문이란 나에 대한 중요성.

저는 작년에 저소득층 사회복지 강사로 근무했었지요.

이 선생님도 함께 근무를 했습니다.

처음 몇 개월은 그런대로 지났습니다.

시간이 흐르자 캠프 측에서 한 달에 며칠씩 이 선생님과 제 근무 날짜를 줄이더군요. 그런데도 월급은 통장에 근무한 것처럼 입금을 해주더라고요.

그러더니 나중에 캠프장님께서 "어, 입금이 많았네요."하며 실수로 그렇게 되었으니 캠프장님 개인 통장으로 입금을 해달라더군요.

처음 몇 번은 그렇게 믿었습니다.

나중에 알고 보니 이 선생님과 저는 외국인이기에 우리를 이용한 것이지요. 삼성에서는 저희들이 다달이 월급을 꼬박꼬박 챙겨가는 걸로 알고 있지요. 저희들 통장에 꾸준히 입금됐으니까요. 다시 되돌려 주는 것에는 전혀 의심이 없잖아요.

이게 바로 제가 본 한국입니다.

〈수수께끼〉

폭풍이 몰아치는 어느 날 운전 중에 이런 사람을 만났습니다.

①꿈에 그리던 이상형

②생명의 은인인 의사

③죽어가는 할머니

답) 차 열쇠를 의사에게 주어 할머니를 실어 병원으로 보내고 본인은 꿈에 그리던 이상형과 함께 버스정류장에서 버스를 기다렸다.

더도 말고 덜도 말고 그저 오늘 같은 날만 있기를 바라는 마음이다.

아침에 담임 김효정 선생님께 여쭈어봤더니 방학하면 가도 된다는 말에 어찌나 기쁘던지 하마터면 펄쩍 뛸 뻔하였다.

원예 수업 시간은 진로 박미경 선생님이시다.

일주일에 한 번밖에 없는 원예 실습인지라 오늘 아침은 원예 박미경 선생님께 언제 미국 집에 가도 되느냐고 물어보기 위해 마음을 굳게 먹고 등교하였다.

둘째 수업 시간은 원예 실습이라 포장을 나갔다.

그리고 포장 농장에서 박미경 선생님께 인사부터 드리고 난 후, "저 언제 미국에 갈 수 있어요?"라고 여쭤봤더니 방학 때 가도 된단다.

선생님 말씀이 분명히 내 귀에 들어왔을 때 "선생님, 저 선생님 한 번 껴안아도 돼요?"

그리고 선생님을 꼬옥 껴안았다.

'와우!'

드디어 집에 갈 수 있다니 행복하고 가족들이 너무 보고 싶었다.

아침에 국제전화가 왔다. 물론 남편에게서 온 전화다.

남편이 기분이 좋은가 보다. 만날 날이 이틀밖에 남지 않았단다.

박 씨 부인은 아침 식사는 자기네 집에서 같이 먹자고 한다. 하지만 가기 싫었다.

이틀 전에 그 난리가 있었는데 가지 않겠다니 조금은 서운한가 보다.

박 씨 부인은 가다가 식사비라도 하라면서 이만 원을 넣었다는 하얀 봉투를 나에게 준다.

받지 않으려고 하다가 "아주머니 그 돈으로 고양이 밥이나 사주세요. 고양이가 임신했어요." 박 씨 부인은 고양이 밥 먹일 터이니 이만 원을 받으란다. 내가 돈을 받지 않자 내 일기책 옆에다 아예 봉투를 두고 간다. 어제 저녁에는 남은 고양이 깡통 밥을 전기회사에 다니는 집에 갔다가 줬다.

"저, 내일 가거든요. 고양이 좀 부탁해요. 고양이가 임신했어요."

그리고 깡통 음식 2개를 아주머니께 드렸다.

나에게 묻는다. "고양이가 아주머니네 것이었어요?"

"아니요. 누가 갖다 버렸나 봐요. 불쌍해서 제가 한 달 넘게 지금 기르고 있어요."

아주머니 말씀이 "고양이가 가끔씩 저희 집에 왔어요. 고기만 먹지 사료는 안 먹더라고요. 요즘에는 아예 오지도 않아요."라고 한다.

아주머니 말씀이 맞다. 학교에서 실습 시간에 양식이나 한식을 만들어서, 나는 먹지 않는 아이들 몫을 집에 가져와 고양이에게 줬더니 이제는 입맛이 고기만 먹는 걸로 변해버렸나 보다.

"아주머니, 고양이 음식값 드리고 갈게요." 말씀을 드렸더니 자기가 고양이 밥을 꼭 주겠다면서 돈은 받지 않겠단다. 이제 아침밥을 조금이라도 먹어두어야 과일도 먹을 수 있을 것 같았다. 반찬이라곤 깻잎밖에 없었다. 냉장고가 없으니 반찬은 어제 다 버려버렸다. 깻잎에다가 밥 몇 숟가락 떠먹었다. 그리고 참외 한 개와 포도를 먹고서 커피도 한 잔.

와우! 샤워하고 갈아입은 옷마저 다 젖어버린다. 그때 핸드폰이 울린다. 받아보니 장씨였다. 데리러 오겠단다. 구세주처럼 반가웠다.

이 선생님 역시 나더러 집에 있지 말고 광주에 가서 모텔에 있으란다. 하지만 장씨 부인 보기가 미안하여 차마 물어볼 수도 없었는데 새로 이사 올 집주인이 왔다. 그리고 장씨가 왔다. 그때 나는 땀으로 목욕을 하고 있다는 말이 더 잘 어울릴까?

바쁘게 장씨가 가방을 트럭 안에 갖다 넣고서 나는 혹시나 빠진 물건이 없나 바쁘게 움직였다. 장씨 트럭 안이 오히려 더 편했다. 에어컨 바람이 나오기 때문에 시원하였다. 전기회사에 들러보니 다시 집에 가서 미터를 읽어야 한단다. 그리고 전화를 하란다. 그렇게 하여 농협에 가서 전기료를 이체하고 우리는 강진을 떠났다.

장씨는 시간이 많으니까 영산강 쪽으로 가잔다. 영산강 옛길로 접어들어 트럭을 세워놓고 우리는 트럭에서 내렸다. 그리고 영산강이 내려다보이는 우산각에서 잠시 휴식을 취했다. 강에서 불어오는 바람이 어찌나 시원한지 기분이 좋았다. 가져간 포도와 참외를 깎아 먹으면서 재미있는 이야기를 했다.

점심은 양식으로 먹자고 했더니 한 번도 양식을 먹어보지 않았다는 장씨는 그런 곳이 부담이 가는 것으로 보였다. 대신에 양동시장에 가서 불고기 백반을 먹잔다.

그렇게 순진해 보이는 장씨에게 그러자고 하고 양동시장으로 출발.

그곳에서 맛있게 불고기 백반을 먹고 우리는 모텔로 향했다. 모텔에 가면 한국 사람들은 무조건 불륜만 하는 줄 아는데 미국 스타일인 나는 우선 시원하고 편히 쉬었다 가는 곳이라면 남이 어떻게 생각하든 상관하지 않는다.

플러스란 모텔에 도착하고 보니 가격이 단 이만 원, 그것도 하룻밤을 자고 가는 가격이란다. 가격이 정말 싸기에 방부터 보니 가격에 비해 모텔 방은 깨끗하고 넓으며 컴퓨터까지 있었다. 방 안에 들어와 제일 먼저 샤워부터 했다.

그리고 시원한 방에서 일기를 내 마음대로 쓰니 기분이 참 좋았다. 장씨는 잠시 잠을 자더니 일어난 후 텔레비전을 보고 있었다. 참 순진하고 마음 착한 장씨가 참으로 고맙다는 생각이 든다. 오늘은 여기까지만 일기를 쓰기로 하고 시계를 보니 오후 6시였다. 말없이 침대 위에 누워 텔레비전만 보고 있는 장씨가 고맙기도 하지만 한편으론 미안하기도 하였다.

이제 저녁도 먹을 겸 밖으로 나가야 할 것 같아 일단 일기장을 덮기로 하고 밖에 나가 저녁을 먹기로 하였다.

"배고프시지요?"

나는 장씨에게 그렇게 물었다.

"일기 다 쓰셨어요?"

"네. 오늘은 여기까지만 마치기로 했습니다. 그리고 공항에 가서는 쓸 수가 없잖아요."

저녁 먹으러 가면서 일기 노트는 트럭 안에 있는 큰 가방 속에 넣어 놓고 가려고 장씨에게 "미안하지만 트럭 문을 열고 큰 가방을 좀 내려 주실 수 있으세요?"라고 물었다.

장씨는 "뭐가 미안해요. 미안하게 생각하시지 마세요."라고 했다.

우리는 모텔을 나왔다. 모텔을 나오면서도 나는 창피하다는 생각을 전혀 하지 않았었다. 현재 나로서는 오늘 밤 12시 30분 버스를 타기 전까지는 단돈 이만 원에 에어컨도 빵빵 틀 수 있고 내 마음대로 따뜻한 샤워도 할 수 있고 내가 먹고 싶은 음식이 있으면 장씨와 함께 가서 먹을 수 있는데, 거기다 남에게 피해 끼치는 일도 없고 참 편하고 좋았다.

모텔을 나오기 전, 나는 분명히 돈이 든 가방과 일기 노트를 들고 나왔었다. 그리고 모텔을 나와 장씨는 트럭 문을 열고 무거운 이민 가방을 트럭에서 내려줬다.

그리고 나는 가방을 열고 일기책을 조금 깊은 곳에 넣었다. 장씨는 무거운 가방을 들어 다시 박스 트럭 속에 넣고 문을 닫은 후 트럭 문을 닫았다. 그리고 문을 잠그고 재확인까지 하였었다.

비가 약간 오자 장씨는 트럭 앞 안쪽에서 우산 하나를 꺼내어 함께 쓰고 식당이 있는 곳까지 걸어갔다. 얼마를 걸었을까?

나는 솔직히 삼계탕이 먹고 싶었다. 요즘 며칠 간 어찌나 땀을 많이 흘렸는지 몸보신을 해야 할 것 같았다.

"저어, 우리 삼계탕 먹을래요?"

장씨는 마음대로 하라고 했다.

그리고 근처에 삼계탕을 하는 식당을 찾아보았으니 모텔에서 조금 떨어진 곳에 식당이 즐비하였으나 삼계탕을 하는 식당은 없었다.

하는 수 없이 돼지갈비를 구워먹기로 하고 식당을 찾아 들어갔다.

식당에는 아직 이른 시간인지 손님이 단 한 명도 없었다.

우리는 돼지갈비 2인분을 시키고 맥주 한 병도 시켰다.

장씨는 술을 마시지 않기로 하였다. 운전해야 하기 때문에.

주문한 돼지갈비가 나오고 주인아주머니는 고기 굽는 것을 도와주었다. 돼지갈비가 구워지자 상추쌈을 해서 한 점씩 먹고 있는데 별로 생각이 없는지 잘 먹지를 않는 장씨에게 "왜 안 드세요? 맛있는데. 어서 드세요?" 물었다.

"네, 먹겠습니다."

예전 같으면 그렇게 맛있게 먹던 장씨가 오늘 저녁은 천천히 먹는 편이었다. 그런 장씨가 갑자기 엉뚱한 말을 한다.

"미국에 가시니까 좋으시겠네요."

그런 장씨에게 나는 아무 생각도 없이,

"그럼요. 7년 동안 비워 놓은 집인데…. 겨울 방학 때마다 일 년에 한 번씩만 갔는데. 겨울에는 밖에 있는 정원 일을 할 수가 없잖아요. 밖에 정원이 엉망일 거예요. 주인을 기다리느라고." 그렇게 혼자서 말을 하다가 장씨를 쳐다보니 장씨 얼굴이 슬퍼 보였다.

그런 장씨에게 "몸이 피곤하세요?"라 물었다.

장씨는 "아니에요. 이제 앞으로 더 이상 선생님을 뵐 수가 없잖아요. 이렇게 맛있게 드시는 모습도 볼 수 없잖아요."라는 것이다.

그런 장씨에게 나는 "장씨도 그렇게 우스운 말씀을 하실 줄 아시네요. 노인인 저에게 왜 꼭 선생님이라는 호칭을 불러야 하나요?"라고 했다.

그렇게 말하는 나에게 장씨는 "노인 아니에요. 왜 항상 노인이라고 말씀하세요. 저는 선생님을 알고부터요, 저에게 활력이 생겼어요. 그리고 더 젊어지고 싶어서요, 이발소에 다녔는데 지금은 미장원에 다녀요. 미장원에 가서 머리스타일 바꾸었어요. 그런데요, 선생님은 전혀 모르시더라고요."

장씨 말을 들으면서 하마터면 웃음이 나올 뻔했다. 그러고 보니 요즘 장씨 머리스타일이 바뀌었고 염색을 자주 하는지 흰머리 하나 보이지 않는 것 같다.

"저 때문에 왜 활력이 생겼어요?" 그렇게 묻는 나에게 "저 같은 장돌뱅이한테 선생님 같으신 분께서 잘해주시니까 기분이 좋지요."라고 장씨는 답했다.

"저는 장씨께 잘해드린 것 없는데요. 오히려 제가 장씨 신세를 많이 졌는데요."

장씨는 이렇게 나에게 말을 한다.

"장씨 소리 좀 빼면 안 되어요?"

그런 장씨에게 나는 "장씨잖아요. 성이 장씨인데요."라고 했다.

그런저런 얘기를 하면서 돼지갈비 4인분, 맥주 한 병을 마시고 식당을 나왔다. 저녁 식사비도 물론 내가 지불하였다. 그리고 트럭에 넣을 기름값도 내가 지불하였다.

식당을 나와 다시 모텔로 가 서로가 말없이 TV만 보고 있었다.

9시 30분쯤 장씨 핸드폰이 울린다.

장씨가 핸드폰으로 대화하는 소리를 들어보니 장씨 부인인가 보다.

"지금 터미널에 있어. 12시 30분 버스라고 했잖아."

그리고 장씨는 핸드폰을 끊었다.

그런 장씨에게 "애기 엄마한테 거짓말도 잘하시네요."

장씨는 웃으면서 하는 말이

"모텔에 있다고 그러면요, 애기 엄마 오해한다고요. 아예 터미널에 있다고 그런 게 편해요."란 말을 하는 장씨를 슬쩍 놀려먹었다.

"옛날에 바람 피운 적 있으세요?"

그렇게 묻는 나를 향해 장씨는 "솔직히 말씀드리면요, 선생님에게처럼 끌려본 적은 없었습니다."라고 한다.

"왜 남의 여자를 좋아하세요?"

"그러니까 말씀 못 드렸잖아요. 선생님 미국 가시면 저 한동안은 미치다시피 할 거예요. 그것도 제 사정이니까 선생님은 걱정 안 하셔도 돼요."

어쩌면 장씨 말이 맞는지도 모른다.

나도 장씨가 나를 좋아하는 눈치를 모른다는 건 거짓말일 테고, 하지만 나는 할 수 없었다.

눈치를 알면서도 장씨 도움이 필요했기에 그저 모른 척했다. 그리고 나에게 가까이 접근할 때는 장씨를 혹독하게 나무랐었다. 그러다가도 가끔씩은 부드럽게 달랬다.

우리는 밤 10시 30분에 모텔을 나와 광주 광천터미널로 갔다. 버스터미널에서 조금 떨어진 곳에 주차장이 있었다. 장씨는 그 주차장에 트럭을 주차했다.

우리가 모텔에서 나올 때는 밖에는 비가 내리고 있었다.

주차장에 트럭을 주차하고서 트럭에서 내려 가방을 꺼냈다.

나는 내가 비행기 안에 가지고 들어갈 수 있는 가방을 챙겼다.

작은 가방이라고는 하지만 그 캐리어 가방 속에는 노트북과 책 몇 권, 그리고 중요한 서류가 들어있었고 거기에 또 핸드백을 팔에 매야 했다.

핸드백 속에는 현금으로 미화 만 불과 이백만 원이 들어있었으며 여권과 비행기 표 등 중요한 몇 가지가 들어있기 때문에 핸드백은 중요하게 여겨 내가 화장실을 갈 때도 항상 팔에 매고 다녔다.

그리고 밍크, 밍크 모자도 함께 팔에 들었다.

장씨가 제일 큰 이민 가방을 트럭에서 내리밀려고 하자 옷을 가방 속에 꽉 채워 놓은 탓인지 바퀴가 달린 가방인데도 자꾸만 넘어지니 밀수도 없고 가방이 무거워서 들 수도 없어 이렇게 혼자서 허리를 구부린 채로 가방을 밀고 가는 장씨가 안타깝다기보다는 어찌나 우스워 보이는지 나는 그만 깔깔대고 웃어버렸다.

그런 나에게 장씨는 "그렇게 재미있으세요?"라며 장씨 역시 덩달아 웃는다.

버스터미널에 도착한 우리는 인천국제공항으로 가는 1번 버스 창구 쪽으로 갔다.

그곳에서 장씨는 나더러 "여기서 계세요. 제가 가방을 가져올게요."라고 했다. 장씨는 그렇게 남은 가방을 세 번씩이나 가져와야 했다.

내가 미국에 가져갈 가방은 핸드백 말고도 총 4개이며 인천공항에서 이 선생님을 만나게 되면 이 선생님에게 전해줄 가방도 하나 있었다.

장씨가 맨 마지막에 트럭에서 가져온 가방은 인천공항에서 이 선생님에게 전해줄 조그만 가방인데 장씨는 앉은 자리 바로 옆 좌석인 왼쪽 의자에다 놔뒀다. 그리고 장씨는 바로 내가 앉은 좌석 옆에 앉는 거였다.

솔직히 말하자면 장씨가 그렇게 내 옆 좌석에 앉는다는 게 남들 보기가 창피하였다. 그렇다고 화를 내고 일어설 수도 없는 거고….

주변 애는 공항에 갈 사람들로 인해 북적거렸다. 장씨가 옆에 앉아있는 것도 창피한데 이제는 슬쩍 내 손을 잡으려는 장씨 손에서 내 손을 재빨리 빼냈다. 사람들이 볼까 봐 그것도 조용히, 무슨 구렁이가 내 손에 닿는 그런 느낌이었다.

그때 마침 내 핸드폰이 울린다. 번호를 보니 이 선생님한테서 온 것이었다. 속으로 천만다행이었다. 장씨 곁을 벗어날 수 있는 기회이니까.

핸드폰을 받으니 이 선생님인가 물어본다.

"빠진 가방이 없는지 잘 챙기고, 지금 몇 신 줄 아세요?"

오늘은 온종일 딸과 함께 가구점으로 쇼핑으로 그렇게 시간을 보냈다.

가구점에 가서 거실에 놓을 소파와 소파 옆에 딸린 탁자, 그리고 부엌에 놓을 크고 예쁜 고급 탁자와 의자 6개와 부엌에 놓을 탁자와 의자 6개, 그렇게 주문을 하고 나니 몇천 불이란 가격이 나왔지만 아깝지가 않았다. 이제 앞으로 내가 살면 얼마나 더 살겠다고 바동대고 살고 싶지 않아서였다.

딸이 아침 일찍 왔다. 그리고 막 아침 식사를 마치는 중인데 내 핸드폰이 울린다. 막내아들한테서 왔다. 지금 바깥 앞 잔디밭으로 나오란다. 누나와 아빠도 함께 나오란다.

엄마가 집에 왔다는 기쁨에 막내아들이 손수 조종하여 직접 비행기를 조종하면서 우리 집 앞뜰을 날아간단다. 나는 너무 기쁜 나머지 잠옷 바람으로 밖으로 나갔다.

그리고 8분쯤 지났을까? 어딘가에서 비행기 소리가 들리기 시작하더니 비행기 소리가 점점 가까워졌다. 그리고 그때 비행기는 우리 집 앞뜰을 지나면서 날개로 나에게 인사를 한다. 날개 양쪽을 기우뚱하면서. 정말 자랑스러운 나의 아들이여. 나는 양쪽 팔을 들어 하늘 높이 흔들어줬다.

나의 아들에게.

당신은 참 괜찮은 사람이야.

당신은 참 소중한 사람이야.

세상의 모든 것은 보는 사람에 따라 다르다.

자신이 싫어하는 것은 남도 싫어한다.

우리가 가장 행복하다고 느끼는 순간,

남이 나를 인정해 줄 때,

상대를 알아주고 배려해주고 알아주는 것.

인간관계의 시작은 나를 표현하는 데부터 시작.

거절은 항상 자기 중심으로 생각하라.

인간관계에서는 50점이 만점.

내가 소중한 만큼 상대도 소중하다.

나의 생각과 상대의 생각이 다를 수 있다는 것.

음식도 궁합이 있듯이 사람도 궁합이 있다.

꿈이란 내가 이루어내는 기적, 나는 할 수 있다.

나의 오늘 일과는 이렇게 시작되었다.

자리에서 일어나 제일 먼저 한 일은 세탁기에 옷을 넣어 세탁기를 돌렸다. 그리고 샤워를 했다.

샤워를 마치면서 아침 식사를 하고 밖으로 나간다.

하지만 오늘 아침은 현관 청소부터 하고서 집 앞 마루로 나갔다.

그리고 물걸레로 천장에 달려 있는 선풍기 2개를 닦았다.

선풍기는 7년 반의 묵은 때와 먼지를 깨끗이 닦고 나니, Wow! 선풍기가 새것 같아 보였다.

그렇게 몇 시간을 쉬지도 않고 일을 계속하였다.

이제 몸에 피곤함을 느끼면서 마~악 의자에 앉아 조금 쉬려고 하는데, my husband가 퇴근하고 집에 왔다. 차에서 내린 my husband는 곧장 집으로 들어가지 않고 오늘 법무사에 들렸던 얘기를 나에게 해주었다. 법무사에 들렸던 얘기는 월요일 저녁에 집 계약을 했었던 때문이었다. 여기는 현찰로 집을 산다 해도 한국과는 달라서 이곳에 있는 법무사에 들러 충분한 시간을 줘야 하기 때문에 날짜는 내가 정했었다.

8월 28일 목요일 날로 하자는 것을 my husband에게 말했더니 my husband가 법무사한테 들었던 얘기를 나의 곁에 와서 해주었고, 나역시 오늘 내가 일했던 곳을 my husband에게 보여주면서 왠지 오늘은 내가 무척 피곤하다고 했다. 당신 얼굴이 무척 피곤해 보인다는 my husband의 말을 들으면서 남편과 함께 뒷문을 열고 집안으로 들어서면서 복이를 불렀다.

평소 같으면 퇴근하고 집에 온 my husband를 문 앞에서 항상 맞이하는 복이가 보이지 않아서였다.

복이야. 복이야.

두 번을 그렇게 부르고선 손을 닦으려고 싱크대 앞으로 간 나는 세탁기 앞에서 쓰러져있는 복이를 발견하고서는 깜짝 놀랐다.

한국에서 나와 함께 생활하던 복이는 부엌탁자 다리에 부딪혀 기절했을 때 이 선생님이 재빨리 입으로 인공호흡을 했던 기억이 되살아나 나는 재빨리 복이를 안으면서 "복이야! 복이야 정신 차려!" 복이를 불러댔다.

몇 분을 그렇게 쓰러져 있었는지는 모르지만 몇 분 정도는 된 것 같다.

입에서 나온 거품으로 인해 복이는 한쪽이 다 젖어 있었고 바닥 역시 흥건히 젖어있었다.

아빠의 차 소리를 듣고 좋아서 빙빙 돌다가 집안에 들어오지 않는 아빠를 기다리다 탁자의 다리에 부딪혀서 아픈 몸으로 세탁기 앞까지 간 모양이다.

정신을 차리지 못하는 복이를 데리고 우리 부부는 미국에 온 이후 복이가 다녔던 동물병원으로 갔다. my husband는 운전을 하고 나는 복이를 안고서 동물병원에 도착한 후에 수의사는 나의 이야기를 듣고 나서 우선 먼저 주사 두 대를 놓아주고 응급조치를 하였다.

한국에 있을 때는 앞 전에 말했듯이 더 높은 곳에서 떨어져 기절했을 때, 이 선생님이 입에서 입으로 호흡을(mouth to mouth) 해서 살아났던 복이 인데!

물론 그 이후로는 복이는 지금까지도 똑바로 걷지를 못하고 옆으로 약간 삐뚤게 걷지만 그래도 모든 것이 정상적이던 복이는 오늘 너무 힘들어 보였다.

병원에서 하룻밤을 재워보자는 의사의 말을 사양하고 집에 데려왔다. 물론 피 검사도 하였다.

조그마한 동물병원에 입원을 시킨들 차라리 내가 밤새도록 함께 있으면서 지켜보는 게 더 나을 것 같았다.

그래서 의사가 주는 약과 주사 한 대를 받아서 집에 왔다.

하지만 복이는 밤새도록 아무것도 먹지를 않는다.

🖉 비. 2014. 8. 7. 목.

복이를 미주리주립대학 동물병원에 입원을 시키던 날, 복이를 품에 안은 채 거실의 소파에 늦게까지 앉아 있다가 늦게 침대에 누워 깜빡 잠이 들었다.

그리고 잠결에 복이를 만졌을 때 복이의 옷과 복이의 얼굴이 흥건히 젖어있었다. 복이는 내가 기르는 동안 단 한 번도 소변을 침대 위에 누운 적이 없었는데 혹시나 하여 전등을 켜고 보니 소변을 본 것이 아니고 입에서 나온 침으로 인해 옷이 젖어있는 것이었다.

자리에서 일어나 복이의 옷을 갈아 입힌 후 담요로 복이를 감싸주었다. 담요로 감싼 이유는 집안에 에어컨이 나오고 있는데다 복이가 아프기 때문이었다.

새벽 3시가 못되어 자리에서 일어나 복이를 안고 있는 동안 복이는 침을 삼키지 못하고 계속 침을 흘려 벌써 종이 타월 여러 장을 젖히고 있었다. 어제저녁도 먹지 않았는데 이러면 몸에 탈수가 오게 되는데 걱정이 말이 아니었다.

자리에서 일어난 my husband는 눈물까지 흘렸다. 나는 그런 my husband를 일찍 출근시켰다. 그러면서 my husband 보고 복이를 큰 병원으로 데리고 가기 위해서 2시간만 근무를 하고 오라고 했다.

my husband는 출근하고 그때 마~악 집 뒷문이 열리면서 딸이 출근 2시간 전이라 집에 왔단다. 복이가 걱정이 되어서 왔단다.

큰아들은 어제저녁에 모든 상황을 알고 있지만 지금 이 시간에는 꿈나라에 푹 빠져 있을 것이다.

그 누가 말했던가 옛 속담에 암탉이 울면 집안이 망한다고?

천만의 말씀, 딸은 역시 친정과 가까운 거리를 유지하는 게 좋다.

나 역시 나이를 먹게 되자 딸에게 많은 의지가 된다.

아들은 든든함이요, 딸은 마음 놓고 의지할 수 있다고 할까?

품 안에 안은 채 걱정하며 복이를 보던 딸은 "Mom, 복이가 지금 많이 아파하고 있어요! 오늘 병원에 데리고 갈 거지요?"라고 묻는다.

"Mom, 어제 의사가 준 주사 놔주어야 해요. 저렇게 아프면 뇌에 좋지 않아요."

그러면서 딸은 의사의 지시대로 주사약을 콧속에 조금 넣어 주었다.

주사약이 코에 들어가자 복이는 살며시 눈을 감아버린다.

온몸에 주사약과, 싸울 힘을 잃은 채로 안돼 보이는 복이야!

복이야 눈을 떠! 나는 그만 눈에 눈물이 나와 버린다.

딸은 "엄마 어서 옷 갈아입어."라고 한다. 그런 딸에게 복이를 맡기며 양치질과 세면을 하고 재빨리 옷을 갈아입었다. 그동안 딸은 my husband에게 주립대학 동물병원에 곧 도착할 것이라는 말을 미리 해서 동물병원에서 의사와 간호사가 대기하고 있게끔 해달라고 했다.

오랜만에 쏟아지는 빗속의 어둠을 뚫고 운전을 하는 딸은 울고 있었다.

"Mom, 복이를 깨워야 해. 그래야 심장이 뛰어, 계속 깨우며 머리는 흔들지 말고…"

나는 잠들려는 복이에게 계속 한국말로 이야기해주었다.

"복이야, 미안해. 엄마가 미안해! 영어도 모르는 너를 떼어놓고 한국으로 혼자 가버린 엄마가 미안해, 지금 아야, 아야 해! 다시는 엄마가 너 혼자 떼어놓고 가지 않을게. 엄마 목소리 들려? 들리면 눈을 떠. 이제부터 네가 태어나서 듣고 자란 너의 조국의 말로 엄마가 말해줄게."

어느덧 미주리주립대학 동물병원에 도착했을 때는 인턴 두 사람이 my husband와 함께 병원 안쪽에서 대기하고 있었다.

나는 인턴들에게 재빨리 복이를 건네주면서 "침을 계속 흘리고 있으니 몸 안에 수분이 거의 빠져나갔을 거예요."하면서 포도당 주사 먼저 놔달라고 부탁했다.

인턴들은 재빨리 복이를 받아 들고 응급실 안으로 들어가 버린다.

그런 장면을 본 딸의 양볼 위로 눈물이 말없이 주르륵 흘러내리고 있었다.

그리고 우리들은 대기실에서 얼마 동안 슬픔에 잠겨 앉아 있었다.

인턴이 한 분이 우리 곁으로 다가와서, 지금 포도당 주사를 놓아주고 있다고 말했다.

그러자 나는 인턴에게 어제 일어났던 얘기와 한국에서 있었던 일들 등을 얘기해주었다.

인턴의 말은 복이가 MRI를 찍어야 한다고 했다. 그리고 인턴이 마음대로 할 수 없고 아침 8시가 되어야 의사가 온다고 한다. 그리고 MRI를 찍고 검사를 하게 되면 미국 돈으로 오늘만의 비용이 2천 불이 든단다. 미국에서도 2천 불이란 돈은 작은 액수가 아니다. 더구나 짐승에게 들어가는 돈이….

하지만 나는 인턴에게 살릴 수만 있다면 돈 2천 불이 아깝지가 않다고 했다. 나는 인턴에게 "너도 알다시피 우리는 노부부야. 노부부가 2천 불이 없겠니. 하지만 살릴 수가 있니?"라고 말했다.

그렇게 묻는 나에게 인턴은 본인 역시도 장담할 수 없단다. 하지만 심장 소리가 좋게 들리고, 피 검사 결과 역시 좋단다.

한국에서 학교 다닐 때 학교에서 집에 오면 그렇게도 반갑게 맞이해주던 복이에게 어제 비용 200불, 오늘 검사 비용이 2천 불!

'그래, 복이만 살릴 수 있다면…'이라 생각하면서 나는 인턴에게 허락하였다. my husband 역시 동의를 하였다.

미주리주립대학 동물병원에 복이를 입원시키고 우리 부부는 집으로 돌아오기 전에 천 불을 보증금으로 내고 왔다.

나는 더 이상 아무것도 할 수 없었다.

말 못하는 짐승인 복이에게는 my husband가 낯선 사람인데다 한국에서 태어나 복이를 미국인 집에 놓고 가버렸으니 얼마나 답답하고 외로웠을까? 나의 죄책감 때문에 너무나 가슴이 아팠다.

마침 한국에 이 선생님에게서 국제전화가 왔다. 눈물 섞인 목소리로 설명을 하자 이 선생님 역시 마음이 아픈가 보다. 그래도 함께 키웠던 복이이기에….

10시경 미주리주립대학 동물병원에 수의사로부터 전화가 왔다.

나와 통화는 복이의 과거에 일어났던 얘기를 해달란다. 한국에서 내가 데리고 기를 때 일어났던 얘기와 그리고 3살 먹이를 남으로부터 물려받은 얘기 등을 해주었다.

나는 수의사에게 "수천 불이란 돈이 아까워서, 또는 그만한 돈이 없어서 그런 것이 아닙니다. 나의 개를 살릴 수 있을까요?"라고 물었다.

수의사의 대답은 장담할 수가 없단다.

"그럼 오늘 MRI부터 찍고 검사를 먼저 한 후 얘기를 하면 어떨까요?"라고 나는 말했다.

12시가 되기 전 my husband가 집에 왔다.

분명히 복이 때문에 슬퍼하며 걱정을 많이 하고 있을 나 때문에 집에 일찍 온 것일 것이다. 밖에는 아직도 조용히 비가 내리고 있었다.

복이가 입원해 있는 미주리주립대학 동물병원에 갈 준비를 마치고 my husband가 운전하여 미주리주립대학 동물병원에 들어가서 우리가 왔다는 것을 알렸고 담당 의사를 만났다. 의사는 복이의 MRI의 찍은 사진을 컴퓨터로 연결하여 친절히 자세하게 설명을 하여 주었다. 딸이 온 후 다시 한 번 자세히 설명하여 줄 것을 물어보니 그렇게 해주겠단다.

딸의 퇴근 시간은 오후 4시였다. 미주리주립대학에서 근무하기에 여름방학 동안에만 4시에 퇴근이고 개학하게 되면 4시 30분으로 바뀌게 된다. 똑똑한 딸을 둔 덕에 때로는 딸의 많은 도움을 받는 편이다.

철들기 전에는 자기만 살려고 노력하더니 남편과 이혼을 하고 난 뒤부터는 딸이 많이 변한 것 같다. 우리 부부는 미주리주립대학 동물병원에서 딸이 오기를 기다리고 있었으며, 나는 그동안 일기를 쓰고 있었다.

4시 10분쯤에 딸이 퇴근을 하고 미주리주립대학 동물병원으로 왔다. 복이(말티즈)의 의사는 나의 딸에게 현재 복이에게 어떤 상황이 일어나고 있는지를 자세히 알려주었다.

수의사는 본인 역시 복이를 정상으로 돌려놓고 싶다고 했단다. 하지만 치료 중에 불행히 숨을 거둘 수도 있다는 수의사의 말에 나의 딸은 수의사에게 이렇게 말을 하였다. "솔직하게 말씀을 해주세요. 복이를 살릴 가능성이 있는지를…. 그것만 알고 싶으니까요. 보시다시피 나의 부모님들께서는 복이(마티즈)를 자식처럼 생각하거든요."

의사는 답했다.

"제가 보기에도 당신의 부모님들께서는 복이를 무척 사랑하고 있는 것을 느낄 수가 있습니다. 제가 최선을 다하겠습니다. 복이가 식사만 잘하고 곧 건강해지면 내일이라도 치료에 들어갈 수 있습니다. 지금 현재는 복이한테 포도당 주사를 놓아주고 있으며 MRI에서 복이가 왜 가끔씩 쓰러지는지를 발견했습니다. 뇌 속에 있는 것을(Chemotherapy: 화약요법으로) 고칠 수가 있습니다. 단, 이제는 가격이 결점입니다. 저는 강요는 하지 않겠습니다."

의사는 참으로 친절하게 천천히 설명을 해주었다.

오늘 아침에 2천 불이라는 가격에서 뇌에 이상이 있다는 것을 발견했지만, 가격은 치료법에 따라 달라진다는 것을 아침에 알려 주었다. 거짓말이라는 말은 할 수가 없었다. 가격은 지금 현재 3천5백 불에서 시작하여 3주 또는 4주에 한 번씩 하는 Chemotherapy(키모세라피)가 한번에 4백 불씩이란다.

어떤 가격이든 복이에게 들어가는 돈은 아깝지가 않았다. 단지 치료에 약이 독해 조그마한 복이한테 못할 짓은 아닌지 나는 의사에게 물었다.

"우리 복이는 작은 체격인데 그 독한 Chemotherapy(키모세라피)를 써도 될까요? 인간인 사람들도 힘들어하던데요!"

의사는 체격이 작으니까 약은 조금만 사용할거라고 했다. 나는 이렇게 말을 했다.

"털이 빠지는 것은 괜찮지만 애가 토하고 힘들어 하는 것을 어떻게 볼 수 있을까요?"

"개는 사람과 다릅니다. 털도 빠지지 않고 토하지도 않지만, 혹 가끔씩 어떤 개는 조금 토하는 경우는 있습니다…."

나는 복이에게 새로운 생명의 기회를 다시 한 번 주고 싶었다.

복이가 회복되면 우리 집 넓디넓은 뜰의 잔디 위를 함께 뛰며 즐겁게 놀아주고 싶었다.

내가 한국에서 학교 다니면서 때론 힘들고 지친 몸으로 집에 돌아왔을 적에 나를 본 복이는 마냥 좋아라고 꼬리를 요리조리 흔들면서 나를 행복하게 해주고 기쁨을 흠뻑 주지 않았던가!

나이 차이도 전혀 느끼지 않은 채 마냥 좋아하며 나 잡아보라 하며 뛰놀던 복이에게 내가 해줄 수 있는 것은, 고작 치료비를 내줄 수 있는 것 외에는 무엇이 있단 말인가!

나는 My husband와 딸에게 물었다. 복이를 치료해주고 싶다는 말을 하자 my husband와 딸은 모두 OK라고 대답했다. 그러자 의사는 의사로서 모든 것을 동원하여 지극정성으로 복이를 치료하고 꼭 당신들의 품 안으로 돌려보내고 싶다는 믿음직한 말을 했다. 고맙다는 생각까지 들었다.

그리고 나는 복이를 보고 싶다고 했더니 의사는 곧 데려오겠다고 하며 우리와 악수를 하면서 작별인사를 마치고 문을 열고 나갔다.

그리고서 약 5분 정도 지났을까? 문이 열리고 상냥한 간호사가 하얀 타월에 복이를 싸서 안으로 들어오더니 나에게 안겨주었다.

아직도 몸이 아픈지 약 기운인지 복이는 아무것도 모른 채 그렇게 간호사의 품에 안기어 나의 품으로 오게 되었다.

그런 복이에게 나는 한국말로, 복이가 태어나서 7년간을 살아온 모국어인 한국말로 귀에 대고 조용히 부르고 속삭였다.

"복이야~ 복이야! 엄마가 왔어요. 복이는 아야 해서 병원에 입원해 있어요. 복이가 회복되는 대로 퇴원하면 집에 가서 엄마랑 아빠랑 언니랑 우리 온 가족이 재미있게 놀면서 복이를 많이 사랑해줄 거예요. 복이가 아야 하면 엄마 마음 아프니까, 아야 하면 안 돼요. 엄마는 복이를 사랑해요. 복이도 힘을 내서 빨리 나아야 해요."

그때, 딸과 my husband도 분명히 눈을 힘들게 살짝 떠 보이는 것을 보았다! 복이는 엄마의 말을 알아들었는지 복이가 태어난 한국말을 듣고 싶었는지, 눈을 떠보려고 노력을 하더니 약에 취한 모습으로 눈을 겨우 떠보이면서 나에게 반응을 주었다.

조금 조금씩 무슨 소리를 내기 시작하더니 오늘 아침까지만 해도 입을 꾹 다물고 있던 복이는 혀를 천천히 아주 천천히 움직이기 시작하더니 두 번 정도 혀를 완전히 내밀어 보였다. 그런 복이에게 나는 계속 한국말로 이야기해주었다.

사람들만이 자기가 태어난 조국을 그리워하고 태어나 익힌 문화와 조국의 말을 그리워하는 것으로 알았었는데…. 그렇게 생각했던 내 생각은 빗나갔다.

그때 복이의 배 속에서 꼬륵 꼬르륵, 쪼륵 쪼르륵 소리가 났다.

어제 아침이 마지막 식사였기에 지금쯤 배가 무척 고픈지 꼬르륵 쪼르륵 소리가 날 때마다 나의 마음이 아파졌다.

"우리 복이 배고프겠네! 밥을 먹어야 힘내서 Chemotherapy(키모세라피) 치료를 받고 나서야 집에 갈 수 있어요. 우리 복이 착하지 엄마 말

잘 듣네요."

그럴 때마다 복이는 있는 힘을 다해서 나에게 무슨 말인가 표현하고픈 모습이다.

동물의 말을 알아들을 수는 없지만 그래도 좋았다.

이젠 나의 딸이 복이를 아기처럼 품에 안았다. 그리고 영어로 이야기를 해주고 있었다.

나의 딸은 한국어를 하지 못하기에 영어로 복이와 통할 수밖에 없었다.

딸도 영어로 복이한테 따뜻하게 말을 해주자 영어를 알아먹는지는 모르겠지만 복이는 딸에게도 반응을 보인다.

그리고 이번에는 my husband가 복이를 안고서 "설탕처럼 달고 귀엽고 예쁜 복이가 아프면 아빠는 어떻게 하느냐고 빨리 나아서 아빠랑 같이 놀자"고 했다. 이야기를 들은 복이는 이번에도 좋은 반응을 보여주었다.

우리는 30분을 복이와 그렇게 시간을 보내고 병원을 나왔다.

동물인 우리 복이가 우리에게 좋은 반응을 보여주어서 병원을 나온 나는 기분이 좋았다.

이젠 나 역시 배고픔을 느낄 수 있었다. 미국을 떠나기 전에 나는 가끔씩 멕시칸 음식인 타코배오란 음식을 즐겨 먹었다.

My husband와 딸에게 "저녁을 먹고 집에 들어가자. 오늘 저녁은 내가 사겠다."라고 했다. 그리고서 우리 세 사람은 타코배오란 음식으로 저녁 식사를 하였다.

텍사스에 간 외손녀와 외손자가 오던 날, 아침에 일찍 일어나 샤워부터 하고 부엌에 가보니 아침 6시 30분이었다.

밖으로 나간 나는 화분에 여러 가지 화초를 심어 집 앞 마루 코너에다 놓았다. 참 예뻐 보였다. 그리고 우리 부부는 아침 식사를 즐겁게 함께 하고서 이제야 복이를 보기 위하여 병원으로 갔다.

중환자실에 입원해 있는 복이는 몸도 아픈데다 낯선 미국인들이 왔다 갔다 하는 병원에서 얼마나 불안할까?

우리가 병원에 도착하여 복이의 이름을 대고 방문 등록하자 복이를 맞았던 인턴 의사가 우리 부부를 데리러 왔다.

우리 부부는 인턴의사의 안내로 소파가 있는 조그마한 방으로 갔다.

인턴인 의사는 방을 나가면서 곧 복이를 데려오겠단다.

의사가 데려온 복이는 어제보다는 조금 더 눈이 똘똘해 보였다. 하지만 요 며칠 사이 복이의 체격은 더 작아 보였다. 그렇지 않아도 작은 체격에 살이 빠진 탓인지 내가 복이를 안았을 때는 무겁다는 감각이 느끼지 않을 정도로 복이는 그 정도 가벼웠다. 엄마가 와서 반가움보다는 치료에 지친 모습이었다. 30분 정도 복이 와 놀고 있을 때 복이의 의사가 왔다.

의사의 말씀은 어쩌면 내일 복이가 집에 갈 수도 있다고 듣던 중 가장 반가운 소식이었다. 집에 데리고 가면 몸보신을 시켜주고 사랑도 많이 해주리라. 복이를 뒤로하고 집에 온 우리 부부는 점심을 먹은 후 각자가 할 일이 바빠졌다. my husband는 집 뒷문에 방충망을 다는데 많은 시간이 걸렸다.

한국 같으면 사람이 와서 그 자리에서 직접재고 만들어 얼마 걸리지 않겠지만, 방충망 문을 사왔어도 우리 집 문에 제대로 맞게 하는 데까지 my husband는 많은 시간이 걸려 예쁘게 만들어놓았다.

옛날 같으면 좀 더 빨리하였겠지만, 고혈압 환자인데다 무릎에 관절염까지 있기에 my husband는 예전 같지가 않다. 그리고 딸은 아이들을 데리고 왔다.

6주 동안 애들 아빠가 아이들을 여름방학 동안 데리고 갔기 때문이다. 아이들은 자기 아빠 집에 가는 것을 싫어하지만 매달 양육비를 주는 핑계로 여름방학 동안은 6주간 데리고 가기로 되어있기 때문이다.

딸은 아침 일찍 캔자스 시티에 있는 공항으로 애들 마중을 나가서 데리고 온 것이다.

늦은 오후, 그렇게 딸과 아이들이 오고 큰아들은 어젯밤에 자기 아이들이 한국 음식을 먹고 싶다고 했다나…. 김과 김치 등을 말이다.

나는 속으로 언제부터 그 애들이 한국 음식을 제대로 맛이나 알고 먹고 싶다고 했는지 코웃음을 쳤다.

이제 저녁준비에 바빠졌다. 잡곡밥을 짓고 밥이야 전기밥솥이 하는 것이고 딸과 외손녀가 찰강냉이 껍질을 벗기어주어 찰강냉이를 삶으며 감자를 썰고 있는데 샤워실에 간 남편이 있는 화장실에서 쿵 하는 소리가 들렸다.

나는 분명히 소리를 들었는데 다른 사람들은 아무도 쿵 하는 소리를 듣지 못했단다.

나는 썰고 있던 감자를 그대로 놔둔 채 안방으로 달려가서 안방 안에 있는 화장실로 문을 열고 들어갔다.

내가 화장실 문을 열고 들어섰을 때 my husband는 목욕탕 바닥에 앉아 있었다.

그렇게 앉아있는 my husband에게 "Are you okay?"라 물었다. my husband는 "I'm okay."하고 말한다.

목욕탕 바닥이 미끄러워 넘어졌단다.

"그럼 다친 곳은 없어요?"하고 물었더니 없단다.

"그럼 일어나는 것을 도와줄까요?"하고 물어보니 도와주지 않아도 괜찮단다.

"그럼 일어나 보세요."

my husband는 일어나려고 해도 목욕탕 바닥이 미끄러워 일어날 수가 없단다.

비대한 몸으로 노력하다가 간신히 몸을 뒤집더니 겨우 자리에서 일어났다.

나는 my husband 더러 옷을 입고서 거실의자에 앉아서 아무것도 하지 말고 안정을 취하라고 하였다.

그리고 약 10분 후 거실에 가보니 my husband는 의자에 앉은 채 잠이 들어있었다.

저녁 식사 준비가 다 되었다.

우리들은 음식들을 밖에 마루로 가져가 차려 놓고, 오랜만에 손자들도 다 모여 앉아 즐거운 저녁 식사를 하였었다.

그리고 my husband는 일찍 잠자리에 들어갔다.

이 선생님한테서 전화가 왔다. 요즘은 이 선생님한테서 전화가 자주
온다.

복이가 병원에 입원했다는 것을 듣고 이 선생님 역시 마음이 써~억
좋은 편은 아닌가 보다. 함께 완도에 가서 입양을 했고 3년 넘게 함께
기르던 복이였는데….

나는 이 선생님에게 "복이가 미국 간식거리를 먹지 않아요. 여러 가지
를 사주어 봤는데 미국 것은 싫은가 봐요."라고 했다.

이 선생님의 말이 복이가 좋아하던 간식을 곧 사서 부쳐 주겠단다.

"간식 가격보다 부치는 운송비가 너무 비싸요."

이 선생님의 말씀이 "걱정하지 마요. 저도 복이를 무척 좋아했고 강
진에서 같이 키웠는데, 앞으로 복이 간식은 자주 부쳐 줄게요."라는 것
이었다.

그렇게 말하는 이 선생님의 고마움에 갑자기 눈물이 나온다.

그만 목이 메어 더 이상 말을 할 수 없는 것을 이 선생님은 눈치로
알아챈 모양이다.

사람이란 진짜 간사한가 보다.

내가 강진 목리에서 살 때 이 선생님을 얼마나 미워하고 냉정하게 대
했던가!

처음에는 나 때문에 서울에서 강진으로 내려왔고, 그리고 영어 강사로 취직해 돈을 잘 벌 때는 이 선생님에게 친절하게 대해주고, 나의 공부까지 도와주던 이 선생님이었는데 직장이 없게 되자 온갖 냉정과 차별까지 했었다. 그러던 이 선생님이 이젠 취직이 되어 서울서 사는데, 나는 이 선생님에게 복이가 아프다는 국제전화를 했었다.

장씨한테서 몇 번인가 전화가 왔지만, 그분한테는 전화를 해주고 싶은 마음은 추호도 없었다.

🖉 맑음. 2014. 8. 10. 일.

새벽 6시.

자리에서 일어나 창문 너머로 집 앞 푸른 잔디밭을 보고 있노라니 잔디밭이 어찌나 아름다운지.

푸르른 잔디 위에 하얀 안개들이 연기처럼 살짝 드리워져 있었다.

이렇게 아름다운 뜰의 환상적인 장면들을 나의 집 뜰에서 볼 수 있다니….

푸른 잎이 달린 나무 밑에는 벤치가 있고 아침 이슬에 세수하러 나왔을까? 토끼들도 뛰어놀고 있다.

샤워를 마치고 my husband와 함께 김치볶음밥으로 아침 식사를 마치고 과일을 먹고 있는데 이 선생님한테서 전화가 왔다.

"오늘이 복이 퇴원하는 날이지요?"

이 선생님은 그렇게 물어본다. 그렇게 이 선생님과 얼마 동안 복이 이야기를 나누었다.

그리고 우리 부부는 미주리주립대학 동물병원으로 갔다.

인턴 의사로부터 복이가 먹어야 할 약에 대한 지시사항과 무슨 일이 있으면 곧 연락할 것 등 주의사항을 들었다. 자기들 역시 아침저녁으로 우리에게 연락하겠단다.

복이는 4가지의 약을 먹어야 한단다.

그때 복이 담당 의사가 들어왔다.

의사의 말씀은 금요일 날 다시 데려오면 3주차 Chemotherapy(키모세라피) 치료를 하겠단다. 그리고 복이가 한 달을 살지 일 년을 더 살지 자기도 모르겠단다.

우리 부부는 복이를 데리고 병원을 나와 my husband가 운전하고 나는 미리 가져간 복이 담요로 덮어 아기처럼 꼬~옥 껴안았다.

복이가 예전과는 영 다른 모습이었다.

복이를 데리고 딸 집에 잠시 들렀다가 집에 왔다.

복이를 집안 바닥에 내려놓자 복이는 후유증으로 인해 몸이 약해진 탓인지 걸음을 제대로 걷지 못했다.

아니, 아예 한쪽으로만 빙빙 돌기만 할 뿐이었다. 예전에는 기분이 좋을 때만 빙글빙글 돌기만 하던 복이 이었는데!

이젠 아무것도 모른 채 그저 돌기만 하는 복이에게 사료를 먹이려고 하자 냄새를 맡고 아주 힘든 모습으로 고개를 한쪽으로만 돌려 조금 조금씩 먹는데 얼굴에 음식이 다 묻기까지 한다.

갓난아이들의 음식인 영양가가 많은 닭고기와 개밥에 섞어서 이제는 아예 나의 손바닥에 얹어 복이 입 바로 앞에 갖다 대면 그래도 음식을 먹으니 다행이었다.

복이가 너무 가엾어서 모든 정성을 다하여 오래오래 살게 하고 싶다는 생각밖에 없었다.

오후 3시 30분쯤 한국에 있는 이 선생님한테 전화를 해주었다.

한국 시각으로 새벽 5시 30분이지만 복이의 소식을 듣고 싶어 하는 이 선생님을 깨웠다. 잠결에 전화를 받는 이 선생님은 복이 소식을 들으니까 기분이 좋은가 보다.

막내아들이 우리 부부의 트럭을 고쳐서 트럭을 갖고 우리 집에 왔다. 저녁은 딸과 딸애들 모두 함께 우리 집에서 오이 냉국에다 국수를 삶아서 넣어 먹었다.

오후 5시에는 복이에게 2가지 약을 먹이고, 오후 6시에는 하루에 한 번 먹이는 약 2가지를 먹였다.

🖊 비. 2014. 8. 16. 토.

아침부터 조용히 비가 계속 내리고 있었다.

딸은 아침 일찍 일어나 애들을 데리고 철물점에 가서 French door 에 칠할 페인트를 사러 갔나 보다.

오늘은 아침부터 거실에 공사가 벌어진다.

우리 부부만 살기에 2층을 사용하지 않으므로 거실에서 2층으로 올라가는 곳에 예쁜 French door를 달아 2층을 사용하지 않을 때에는 French door로 닫아버리면 문도 예쁘거니와 난방과 에어컨도 절약되기 때문이다.

이렇게 my husband와 딸은 부지런히 일을 하였다. 외손자와 외손녀는 옆에서 심부름도 하고 말썽 한번 부리지 않고 복이를 안아준다든지 애들이 아닌 것처럼 어찌나 말들을 잘 듣는지, 내 딸은 애들을 잘 키우는 것 같다.

나는 나대로 부지런히 점심을 준비하였다. 그리고 점심 식사가 끝나고 나는 부엌에서 설거지를 하는데 밖에서 누가 오는지 차 소리가 난다.

빵~빵!

나는 무심코 창문 너머로 밖을 내다보니 집배원 아저씨가 꽤나 큰 박스를 들고 차에서 내리는 것을 보고 나는 밖으로 달려나갔다.

밖으로 나가면서 딸에게 복이 간식을 집배원 아저씨가 갖고 문 앞에 와있다고, 그렇게 말하는 엄마의 뒤를 따라 딸도 밖으로 나왔다.

까만 집배원 아저씨가 어찌나 반갑던지 나는 까만 집배원 아저씨에게 친절하게 대해주었다.

8월 14일 목요일 오후에 서울에서 부쳤다는데 복이의 간식인 생선회가 벌써 오늘 오후 1시 반에 도착한 것이었다.

딸 역시 기쁜 모양이다. 온 가족이 하던 일을 멈추고 딸이 박스를 열었다.

그리고 사시미가 들어있는 봉투를 가위로 자른 후 사시미를 꺼내어 복이 입에 갖다 대자 8개월 만에 맡아본 냄새인데 복이는 그 냄새를 기억하고 있었다.

지금 복이는 더군다나 뇌졸중으로 인해 치료 중인데도 복이의 조국의 냄새와 한국에 있을 때 자주 먹었던 사시미.

복이는 정말 좋아했던 사시미를 기억하고 품에 안고 있는데도 어서 달라는 표현의 반응을 보이며 가만있지를 않는다.

뇌졸중으로 인해 큰 것은 직접 혼자서 씹어 먹지를 못해 잘게 잘라주니 씹지도 않고 그냥 꿀꺽꿀꺽 잘도 먹는다.

그런 모습을 보고 있으려니 갑자기 눈에서 뜨거운 눈물이 고인다.

사람들은 표현이나 한다지만 동물인 복이는 자기가 좋아하는 사시미의 이야기를 우리에게 표현도 못 하고 얼마나 먹고 싶었을까?

그렇게 간식을 몇 개 먹었을까?

그리고 얼마 후에는 자기 혼자 스스로 신문지를 깔아놓은 장소에 가서 항상 했던 대로 소변을 본 것이다.

Wow! 어제는 조금씩 걷기까지 하더니….

오늘은 신문지위에 가서 소변을 보다니 참 기특하였다.

집 전화소리에 가서 받아보니 정태현란 분한테서 온 전화였다.

간단한 인사만 하고 바쁘다는 핑계로 빨리 전화를 끊어버렸다.

정태현란 분은 참으로 안타깝다는 생각이 들었다.

그 나이에 어쩌자는 건지?

전대 학생들이 집에 다녀가던 날

전대 대학생들을 데리러 가기 위해서 미주리주립대학의 아시안들이 묶고 있는 기숙사에 가보니 전대에서 온 학생들은 아직 오지 않았다. 차 안에서 나의 손목시계를 들여다보니 약속 시간보다는 내가 10분 빨리 온 것이었기에 차 안에서 기다리고 있었다.

10시 20분이 되자 남학생 4명이 오고 있었다.

류연민이란 학생은 광주에서 스님의 소개로 딱 한 번 만난 적이 있기에 서로 알아볼 수가 있었다.

나머지 3명은 처음 보는 학생들이었고 하여튼 4명을 데리고 한인교회로 향했다.

교회에 가서 목사님 부부께 인사 소개를 시켜드리고 예배가 끝나고서 간단한 점심 식사가 있었다.

그리고 전대 학생들 4명을 집에 데려왔더니 그렇게도 좋은가 보다. 집 안에서 사진들을 찍는가 하면 한국에서 온 지 이제 며칠밖에 되지 않았는데 한국 사람의 집에 오니까 마음의 안정이랄까, 뭐랄까 부모님의 집에 온 것처럼 편하게 앉아 있는가 하면 일어나서 게임을 하기도 하고 한국 화투까지 치기도 한다. 그런 그들에게 뼈다귀 찌개를 끓였다.

당연히 한국식으로 반찬은 그리 많지는 않았다.

김치와 부추김치, 깻잎 무친 것, 양파 썰어놓고 쌈장 그리고 콩 비지를 넣은 뼈다귀 찌개에다가 밥은 강낭콩과 잡곡을 섞어 했더니 밥이 고슬고슬하게 잘되었다.

4명의 전대 학생들이 며칠을 아무것도 못 먹었던 사람들처럼 어찌나 맛있게 빨리들 먹기에 아직도 많이 남아있으니 천천히 먹으라고 하였다.

찌개를 세 번씩이나 더 담아주고 밥은 두 번씩 주었다.

그렇게 얼마간을 허둥대면서 먹더니 이제는 숨들을 쉬어가면서 먹고 있는 그들이 안타깝기까지 하였다. 그래도 부모님들 잘 만난 덕에 남들은 오고 싶어도 오지 못 오는 곳에 왔으니 한국말만 하지 말고 영어나 한자라도 더 배우고, 고국에 돌아가거든 부모님께 감사할 줄 알고 아버님과 어머님에게 잘하라는 충고까지 한마디 거두었다.

식사가 끝나고 미국 과일인 시원한 멜론을 하나 깎아 주었더니 달고 맛있단다.

그냥 가게에서 사온 과일이 아니고 미국인이 자기 농장에서 재배한 것 중에서 잘 익은 멜론을 파는 곳을 일부러 가서 사왔었다.

맛도 있고 잘 익은 것을 따다가 냉장고에 넣어 두었다가 먹게 되면 시원한 멜론을 씹는 맛이 일품일 것 같다.

한 학생이 묻는다. "멜론은 미국 마트에도 있나요?"

나는 "물론 있지요, 하지만 마트에서 파는 멜론은 익기 전에 미리 따기 때문에 우리가 지금 먹는 이 멜론 맛과는 차이가 있지요."라고 말했다.

학생들은 기숙사로 돌아갈 생각들을 않고 계속 앉아있으면서, 그리고 나한테 한국보다 미국이 더 좋단다.

그런 그들에게 나는 무슨 어떤 점에서 미국이 더 좋으냐고 물었다.

그들은 미국의 자유가 좋단다.

그들에게 나는 이렇게 말을 하였다.

"한국 사람들은 모두가 다 너무 똑똑하지 않나요?"

한국 사람들은 약삭빠르고 자기 잘났다고 큰소리친다. 때로는 무대포요, 네 것도 내 것, 내 것도 내 것, 모두 다 내 것이라는 생각이 강하다.

미국은 게으른 사람도 많고 그와 반대로 부지런한 사람도 많으며 어색한 사람들도 있다.

"오늘 한인교회에서 본 한인들의 첫인상은 어떠했나요?"

그렇게 묻는 나에게 전대 학생들 이야기는 굉장히 선한 얼굴들이었단다.

그런 그들에게 여기 이민 오신 분들은 아주 검소하고 소박한 사람들이라는 말을 하여 주었다.

돌아가기 전에 다시 과일을 깎아서 먹였더니 한국 차를 두잔 씩 들이나 마신다.

겨자 차와 강냉이 차를 합하여 끓였을 뿐인데, 차마저 그렇게 좋아하니 사람이란 태어나 익힌 문화와 음식은 숨길 수가 없나 봅니다.

그리고 복이를 무척이나 예뻐해 주었었다.

나는 그들에게 "복이도 한국에서 왔어요. 한국말로 해주세요."하고 말을 했다.

복이는 그들을 무척 따랐다.

밤 8시가 넘어서 딸과 함께 그들을 기숙사에 데려다 주고 집에 오니 복이가 아직 자지 않고 거실에서 부엌으로, 부엌에서 거실로 그들을 찾아다니고 있었다.

Wow!

누가 동물이라고 하여 자기가 태어난 고국을 모를 거라고 할까?

오늘 우리 복이는 행복했었나 보다.

한국 사람들의 얼굴도 보고 전대 학생들이 예뻐도 해주고, 오빠들이 한국말을 사용하니까 고국의 말이 좋았나 보다.

복이야, 엄마도 너에게 되도록 우리들의 고국 말인 한국말로 너에게 해줄게.

복이야, 사랑해.

✎ 맑음. 2014. 12. 21. 일.

오늘은 우리 구역에서 교인들이 식사할 점심 식사를 준비하는 차례이다.

아침 일찍 교회에 가보니 아직 아무도 오지 않았다.

조금 기다리니 목사님께서 오시고 김한심이란 우리 구역인이 왔다.

한두 사람씩 오기 시작하고 우리들은 식사 준비하기에 바빴다.

목사 사모님께서 오시더니 인사를 하시면서 "유과를 어떻게 그렇게 맛있게 잘 만드셨어요?"하며 아주 맛있었다고 한다.

"목사님께서도 좋아하시던가요?" 이렇게 묻자 사모님은 "제가 더 좋아해요." 그렇게 말씀을 하신다.

칭찬을 받으니 하여튼 기분이 좋았다.

두부 21모를 갖고 갔다가 19모는 팔고 2모는 목사 사모님께 드렸다.

사모님께서 사식 PT라고 미리 말씀하셨는데, 몇 모나 드릴까 물어보지도 않고 사모님께 두부 2모를 드리면서 "사모님, 저는 사모님께 두부를 팔지 않을 겁니다."란 말을 전했다.

자정쯤인가 뭔가 이상한 소리에 눈을 떠보니 나의 옆에 있던 복이가 숨을 제대로 쉬지 못하는 것 같아 복이를 안아 침대에서 일어나 화장실 안으로 들어가 불을 켜보니 복이는 뇌졸중을 일으키고 있었다.

한국에서 있을 때 복이가 처음 뇌졸중을 일으킬 때 가정교사 겸 룸메이트인 이원항 선생님께서 응급 처치를 하던 게 기억이 났다.

나는 화장실 싱크대의 찬물을 틀어 복이의 혀에 찬물로 괴어있는 침을 씻어내고, 찬물을 손으로 계속 입에 넣어 입을 적셔주었다.

입이 굳어질 것만 같은 복이를 나는 계속 복이를 불러 주었다.

잠을 자던 my husband가 나의 소란에 자리에서 일어나 화장실에 와 보더니 부엌에 가서 복이에게 물을 마시게 하는 주사기를 가져왔다. 주사기에 찬물을 넣어 복이의 입에 넣어주었다.

숨을 제대로 쉬지 못해 곳 굳어질 것 같은 복이!

조금씩 찬물을 넣어주자 복이는 다행히 조금은 나아진 것 같다.

오늘 밤은 무사히 넘겨 다행이지만 언젠가는 복이를 저 먼 곳으로 떠나보낼 때가 있을 텐데 그날이 두렵기만 하다.

오랜만에 미주리주립대학 캠퍼스에 갔더니 마침 학생들이 이동하는 수업시간인지 이곳저곳에 많은 학생들이 이동하고 있는 모습들이 마침 한국의 서울거리를 생각게 되었다.

University of Missouri 주립대학 캠퍼스에 갔던 것은 나의 화장품을 사기 위해서였다.

예전에 내가 청소부로부터 근무하였던 곳은 주립대학 캠퍼스에 있었다. 그 건물 안에는 큰 서점이란 가게가 있는 곳인데, 그 서점 안에는 Clinique란 고급 화장품을 팔기도 한다.

헌데 이상하게도 왠지 Clinique란 화장품은 세일 하는 것이 없다.

단 일 년에 두 번씩 보너스를 줄 뿐!

무료로 주는 것이 아니라 화장품을 사는 손님에게만 보너스를 주는 것이다.

오늘이 그렇게 보너스를 주는 날이기에 나는 딸과 함께 캠퍼스에 갔었던 것이다.

하지만 화장품을 세일 하지 않는다고 불평을 해본 적은 없었다. 불평을 하지 않은 이유는 그 건물 안에서 근무를 했었다는 조건으로 그 안에서 파는 물건들을 나에게는 30% 싸게 주기 때문이다.

하지만 나는 될 수 있으면 남에게 30% 싸게 살 수 있다는 말을 하지 않는다. 남들이 알면 자기들 물건도 사달라고 해서.

캠퍼스에서 돌아온 나는 복이를 데리고 Pet 가게에 들렀다. 한국에 가기 전에 복이의 사료를 충분히 사놓고 가고 싶었다.

밖에 가자는 말에 복이는 좋단다.

엄마인 내가 운전하는 옆좌석에 앉자 꼬리를 흔들어대며 답을 하는 모습이 신이 난 모양이다.

그래 복이야! 오래오래 살아주기 바란다.

복이야, 사랑해.

이미 여행 준비를 해놓은 가방들을 husband는 이른 새벽에 자동차에 실었다.

그리고 우리 부부는 복이를 데리고 공항을 향해 새벽 3시 30분에 집을 떠났다.

마티즈인 복이는 아무것도 모른 채 그렇게 나의 품에 안겨 husband가 운전하는 자동차 안에서 조용히 나의 품에 안긴 채 이른 새벽인지라 피곤한가 보다.

2시간을 조금 넘게 운전을 하여 아침 5시 45분에 우리는 공항에 도착하였다.

공항 안에 들어갈 때 husband는 가방 2개를 끌기에 나는 큰 핸드백을 팔에 걸치고 핑크 세터를 입은 복이를 나의 품에 안고 우리 부부는 공항 안에 들어가 내가 타고 갈 비행기의 수속을 밟기 위해 부지런히 걸어가고 있는 우리 부부에게 공항 안에서 마주치는 미국인들은 우리들에게 싱긋이 미소들을 짓는다.

조그마한 체격의 마티즈에게 핑크 세터를 입혀놓은 복이는 누가 봐도 정말 예쁘고 귀여운 마티즈이다.

내가 타고 시카고공항까지 가야 할 미국 비행기 회사인 장소에 도착하여 가방을 부치는 데는 그리 많은 시간이 걸리지 않았다.

비행기를 타야 하는 곳으로 가기 위해 husband와 복이에게 작별인사를 하는데 husband 품에 안겨있는 복이는 애처로운 눈으로 나를 쳐다보고만 있었다.

"복이야, 안녕! 엄마 갔다 올게."

그런 나의 말을 알아듣기라도 하는 것처럼 초롱초롱한 눈으로 쳐다보는 복이와 husband를 뒤로한 채 탑승할 장소를 향해 나는 갔다.

United Air line의 그리 크지도 않은 비행기를 타고 시카고 공항에 도착하니 아침 9시가 넘었다.

12시에 한국으로 출발하는 아시아나 항공사 탑승할 곳에 와보니 인천공항으로 가는 아시아나 비행기를 타기 위해 수속을 받느라 많은 사람들로 인해 아시아나 항공사에 근무하는 직원들의 바쁘게들 움직이는 모습들이 눈에 띄었다.

탑승할 수속을 밟기 위해 서 있는 사람들 속에 나 역시 나의 차례를 기다리기며 긴 줄 뒤에 서서 사람들을 보고 있노라니 그 많은 사람들은 대부분 필리핀 사람들이었다.

한국인은 그리 많지 않았다.

그럼 우리 한국 사람들은 대한항공이나 미국 비행기들을 타고 한국에 다니러 가는 게 아닐까 하는 생각이 든다. 왠지 기분이 조금은 씁쓸하였다.

비행기 탑승시간을 기다리면서 공항의 창문 밖을 내다보니 밖에는 눈이 조금씩 내리고 있었다. 일기예보에 의하면 오늘 오후부터는 시카고에 많은 눈이 내린단다.

husband의 말이 새삼스럽게 머릿속에 떠오른다. husband는 이런 말을 나에게 해주었었다.

"괜찮아. 당신이 탄 비행기가 출발한 후 많은 눈이 내린다고 했으니 다행이야."

나의 husband는 남들의 눈에는 주름살이 많고 관절염으로 인해 한쪽 다리를 절고 있지만, 나에게는 소중한 my husband이다.

나의 사랑하는 자식들의 아버지며 나의 손자, 손녀들의 할아버지인 우리 가정에서 없어서는 안 될 소중한 사람이다.

그저 나의 곁에서 오래오래 살아주기를 간절히 바라는 나의 진정한 마음이다.

'고등학교 졸업식 날'

드디어 오늘이 나의 고등학교 졸업식 날이다.

그렇게 기다렸던 졸업 날인데 나의 몸 컨디션이 좋지 않아서 걱정이 되었다.

그래도 아침 일찍 자리에서 일어나 우선 먼저 샤워부터 하였다.

샤워를 마친 나는 어찌나 속이 쓰리던지 유자차라도 한잔 마시면 살 것 같은 기분에 이 선생님께 부탁을 드렸다.

이른 아침 새벽인지라 아직은 마트들도 문을 열지 않았을 테지만 편의점이나 밤새도록 여는 조그마한 가게에 있을지도 모를 유자차를 사다 달라는 부탁을 받고 밖에 나간 이 선생님은 조그마한 일회용 컵에 들어있는 유자차 2개를 사오셨다.

그래도 다행이다.

우선 먼저 끓인 물을 컵에 부어 두 컵을 다 마시니 조금은 살 것처럼 쓰라렸던 속이 가라앉자 다행이었다.

아침 식사도 거른 채 8시에 미장원에 들러 머리를 하고 나니 8시 30분이었다.

택시를 불러 타고 학교로 향했다. 택시에서 내린 나를 보신 수학 신평식 선생님은 나를 무척이나 반갑게 대해주시면서 나를 교장 선생님 실로 데리고 가신다.

교장실에 가보니 교장, 교감, 행정실장님 그렇게 세 분이 계시더니 먼 길 오시느라 고생이 많았다면서 무척이나 반갑게 대해주시니, 한편으론 좀 부끄럽기도 하고 몸 둘 바를 몰랐다.

나는 교장실을 나와서 체육관으로 갔다.

이미 어제 다 준비는 해놓은 것처럼 졸업식장의 준비가 완벽하게 잘 되어 있었다.

반 급우들이 한 명 두 명씩 오기 시작하고 다른 반의 졸업생들도 오기 시작했다.

1학년들과 2학년들은 체육관에서 선배들의 졸업식을 축하해주기 위해 이미 와서 있었다.

그때 누군가가 언니하고 나를 부른다. 고개를 돌려 소리 나는 곳을 보니 늦깎이 2학년생인 김춘자가 내 곁에 와서 나의 손을 꼬~옥 잡는다.

"언니 오셨군요!

못 오실 줄 알았는데 이렇게 오셨네요.

건강하신 얼굴을 뵈니 언니 정말 반갑네요."

그런 그녀에게 내가 해줄 수 있는 말은 "동생도 이제 일 년밖에 남지 않았네. 힘내, 우리 화~이팅!"이었다.

우리들은 그렇게 서로를 다독거려 주었다.

그녀가 언니 잠시만 다녀올 데가 있단다. 그리고 10분쯤 흘렀을까? 그녀는 큰 꽃다발을 들고 다시 내 앞에 나타나더니 나한테 꽃다발을 안겨준다. 그런 그녀가 마음속으로 고마웠다.

이제 졸업식 약간의 예행연습이 있단다.

넷째 줄에 급우들과 함께 앉아 있는 나에게 선생님들께서 나더러 맨 앞자리에 앉아 있다가 호명을 하시면 자리에서 일어나 교장 선생님 앞으로 가란다.

나는 나에게 주어질 상을 생각도 하지 않았었다.

그저 내가 받을 수 있는 것이라면 졸업장과 앨범, 그 외엔 더 이상 바랄 것이 뭐가 있겠는가?

졸업장과 앨범으로도 나는 만족하고 고졸 출신이라는 만족감에 행복을 느끼는데!

그때, KBS TV 방송국의 PD들이 오고 신문사에서 기자들이 오고 군청에서도 왔다.

WOW! 갑자기 이렇게들 내 곁으로 몰려들어 한꺼번에 질문들을 하니 도대체 뭐가 뭔지 혼동이 간다.

조금 걱정이 된 것은 단상에 올라가 교장 선생님으로부터 상을 받다가 많은 사람들 앞에서 실수하지 않을까 걱정이 되었다.

지금 나의 상황으론 예습을 도저히 할 수가 없기 때문이다. 나에게 많은 질문들과 동시에 졸업식이 시작되었다.

애국가가 끝나고 이인휘 교장 선생님께서 단상으로 가신 후 상을 받을 학생들의 이름들이 차례대로 불리고 그중에 나의 이름까지 포함되어 있었다.

특별 공로상

김춘엽

  귀하는 만학도로 어려운 여건 속에서도
남다른 열정으로 학업에 임하였으며
학교생활과 교우관계 등에서 솔선수범하여
모두에게 귀감이 되었으므로 그 노력과
봉사의 정신을 높이 기리어 이 상을
드립니다.

2015년 2월 11일
전남 생명과학 고등학교
교장 이인휘

WOW!

특별 공로상 상패는 꽤나 무겁지만 예쁘기도 하였다.

가방에 담게 되면 무게 차이가 나겠지만, 그래도 미국에 있는 집에 가져가서 벽난로 위 선반에 놓으려고 생각한다.

한국에서 연수나 유학을 오는 분들에게 나는 더욱더 친절을 베풀 것을 마음속으로 다짐하였다.

이제는 강진군청에 계시는 군수님께서 단상으로 올라가셨다.

군수님의 인사 말씀이 끝나고서 나의 이름을 부르는 것이었다.

분명히 나의 이름을 부르는 것을 들었지만, 혹시 실수할까 봐 나의 옆자리에 앉아있는 정은에게 물었다.

"내 이름 부른 거야?"

정은이는 "네, 춘 이름 불렀어요."하는 정은의 대답이 떨어지자 나는 다시 단상으로 올라갔다.

이번에는 군수님으로부터 상을 받았다.

군수님께서는 상을 나에게 주시면서 "훌륭하십니다. 저도 그곳에 가서 1년 있다 왔습니다. 그렇게 말씀하시면서 하시는 말씀이 가시면 그곳 목사님에게 안부 좀 전해주십시오."라 하셨다.

"예, 그렇게 하겠습니다."

대답을 마친 나는 군수님께 목사님께서 이미 군수님께 안부 말씀을 전해달라 하셨다고 말했다.

"어떻게 목사님을 아십니까?" 그렇게 묻는 군수님께 나는 "저도 그 교회에 나가고 있으니까요."라고 했다.

내가 이곳 한국에서 공부할 때, 내가 Columbia에서 다니는 교회 목사님께서 이곳 군수님이 Columbia에서 일 년 정도 계셨다는 말씀을 하셨기 때문이다.

비록 몇 분이 안 되는 시간이었지만 군수님으로부터 받은 상은 왠지 남달랐다.

중학교 졸업식 때도 군수님의 상을 받았지만, 오늘의 군수님의 상은 친근감이 간다고 할까?

자리에 돌아와 앉은 나는 나의 무릎과 양손이 부족할 정도였다.

이제는 누가 꽃다발을 갖다 주었는지도 모를 정도로 나의 무릎 위에 놓인 꽃다발들.

그때 누군가가 꽃다발을 들고 나의 앞으로 오더니 "누나, 졸업 축하해요."하면서 꽃다발을 내게 준다.

꽃다발을 건네준 사람은 다름 아닌 나의 막내 이모님의 맏아들인 이곳 강진 경찰서에서 근무하는 이양근 경위였다.

그런 사촌 동생을 보자 나는 반가웠다.

내가 한국에 돌아와서 늦깎이로 복학하자 집안 친척들은 그런 내가 집안의 망신이라도 되는 양 창피하다는 말을 했다. 그래서 나는 그들과의 접촉을 끊어버렸다.

가족들이 미국에 있는데 나 홀로 한국에 와서 공부하는 것이 솔직히 말해서 외롭지 않다면 거짓말이겠지.

남들로부터 전해 들은 말을 빌리자면 문화차이가 난다나?

그래도 나는 해냈다.

특별상

전남 생명과학 고등학교
3학년 김춘엽

김춘엽 님께서는 평소 학교생활을 성실히
수행하였을 뿐만 아니라 학업의 꿈을 잃지
않고 특히 만학도로서 솔선수범하는 등
타의 귀감이 되었으므로 이에 표창합니다.

2015년 2월 11일
강진 군수 강진원

✏️ 늦깎이 일기

배우고자 하는데 나이가 있나?

헌데 오늘 졸업식에 안전 담당으로 근무를 온 사촌 동생이 이곳에 왔다가 나를 보고서 가서 꽃을 사왔나 보다.

어떻게 됐든 사촌 동생의 축하에 눈물을 흘리는 나를 보고 사촌 동생도 눈물을 흘렸다.

졸업식이 끝나고 체육관을 나오는데, 1학년과 2학년 학생들이 양쪽에 줄을 서 있다가 졸업의 축하 박수를 보냈다. 나는 후배들의 사랑에 또다시 눈시울이 뜨거워짐을 느낄 수 있었다.

그런 장면을 바라보던 학부형들까지 나를 놓칠세라 교실 복도까지 따라와 교실 안에 들어가 있는 나를 보려고 교실 창문 너머로 보고들 있었다.

담임 김효정 선생님께서 인사 말씀과 함께 상이 하나 더 있었다. 1년 개근상과 함께 졸업장도 받았다.

그리고 담임선생님과 작별인사를 하고 교실을 나오려는데 이 선생님과 장씨, 강현옥 작가님도 나의 상들과 꽃다발 등을 차에 가져가는 것을 도와주신다.

후배 김춘자 분께서 점심을 사주겠다는 것을 사양하고, 나는 KBS 1TV 차로 어머니께서 잠들어 계시는 어머니의 친정 마을인 시냇가로 향했다.

자신의 잘못이라고 항상 그렇게 말씀하시던 어머니의 영전에 졸업장을 보여드렸다.

어머니 제 졸업장요.

보이시죠?

여기 제 졸업장이에요. 저 해냈어요.

저, 어머니 딸이에요.

이렇게 용감하게 살아갈 수 있는 딸을 낳아주신 어머니께 항상 감사드리고요.

그리고 사랑합니다.

언젠가는 어머니 곁으로 가게 되는 그 날이 오면 그때 우리 만나서 많은 이야기꽃 피워요.

장씨는 이 선생님과 함께 장씨 차로 우리들을 따라왔다.

모든 취재가 끝나고 KBS 1TV 방송국 분들은 돌아갔다.

나와 이 선생님은 장씨 차를 타고 강진읍으로 돌아왔다.

내 마음 같아서는 부드러운 죽을 먹고 싶은데 이 선생님은 항상 고기를 선호한다.

통 갈빗집에 들러 장씨 보고 호돌이란 아저씨를 부르라고 했다. 내가 단골로 다니던 세탁소 주인 아저씨이다.

어제는 두 끼로 끼니를 때우고 오늘은 점심시간이 훨씬 지난 늦은 시간에 통 갈비를 구우면서 대낮부터 소주를 마시는 이 선생님이 한심스럽지만, my husband가 아닌데 내가 구태여 화까지 낼 필요가 있겠는가?

나는 고기 몇 점만 먹은 후 누룽지를 시켰지만 누룽지 역시 별로였다. 식사비는 내가 지불하였다.

서울 출발부터 도착까지의 모든 비용은 내가 지불하는 게 당연한 거니까.

그리고 이 선생님과 나는 장씨의 배웅을 받아 강진에서 3시 30분 차로 강진을 출발하였다.

앞으로 더 이상 강진에 갈 일은 없을 것 같다.

서울로 향하는 버스 안에서 잠을 계속 잤다.

강남 터미널에 도착하여 지하철을 탔는데 등에 얼음 한 조각이 딱 붙어있는 기분이다.

온몸이 으스스 추위가 몰려온다. 이건 아무래도 감기였다.

왜 나는 한국에만 오면 감기가 들까?

따뜻한 방에 누워 푹 쉬고 싶은 생각뿐, 이제는 온몸에 피로가 몰려온다.

6개월 동안 미국 집에 있으면서 그렇게 많은 일을 했는데도 몸 한번 아프지 않았는데 한국에 와서 감기에 걸리다니.

마음속으론 조금은 걱정이 되었다.

한국에서 아프게 되면 첫째는 이곳에 병원 보험카드가 없는데 말이다.

되도록 감기가 낫는 동안 외출을 삼가는 수밖에 없을 것 같다.

나의 일기도 나와 함께 오늘 졸업을 하게 됩니다.

일기야, 그동안 너에게도 고맙다는 말을 해야 하겠지.

일기와 내가 동고동락함을 고맙게 생각한다.

많은 사람들이 나에게 이런 말을 했었다.

치라리 검정고시를 보시지.

애들하고 같이 공부하면 힘들 텐데요.

검정고시를 보시기 싫으시면, 성인 학교에 다니세요. 그쪽이 재미있어요.

그런 말을 하는 사람들에게 나는 이렇게 말해주고 싶었다.

어릴 적 내가 어머니와 약속하였을 때는 성인 학교가 없었다. 게다가 나는 집안 사정으로 인해 어릴 적에 공부를 하지 못했지만, 늦게나마 나도 남들처럼 운동장에서 급우들과 함께 뛰고 급식실에 같이 가서 점심을 먹고 함께 체육대회를 하는 꿈을 꾸었다.

어린 학생들과 함께 수학여행을 떠난다는 생각만을 하여도 얼마나 마음이 설레는지!

이제 나에게도 떳떳한 모교가 있다. 미래에 한국을 책임질 든든하고 튼튼한 기둥들이 나의 동창생이란 생각만 하여도 벌써부터 입가에 미소가 번진다.

모든 선생님 한 분 한 분에게 감사를 드리면서 늦깎이인 나로 인하여 힘드셨을 담임선생님 한 분 한 분께 감사의 말씀을 드리고 싶다.

제 담임이 되어 주신 점 감사드립니다.

김용택, 박재홍, 김현삼, 문미경, 박종출, 강경서, 김효정 선생님.

그리고 내가 한국에 와서 공부할 수 있도록 처음부터 끝까지 곁에서 도와주신, 지금은 교수님이 되신 이원항 선생님께 진심으로 감사하다는 말씀을 드리고 싶다.

이원항 교수님, 그동안 저 때문에 힘 많이 드셨죠?
끝까지 약속을 지켜주신 점 감사합니다.
미국에 있는 나의 가족들, 특히 my husband.
지난 7년간 나의 공부 때문에 혼자서 생활하느라 그동안 외롭고 쓸쓸했을 텐데 항상 나를 격려해주는 우리 남편과 자식들에게도 감사를 드린다.

늦깎이 일기

펴 낸 날 2016년 6월 3일

지 은 이 김춘엽
펴 낸 이 최지숙
편집주간 이기성
편집팀장 이윤숙
기획편집 윤일란, 박경진
표지디자인 윤일란
책임마케팅 하철민, 장일규
펴 낸 곳 도서출판 생각나눔
출판등록 제 2008-000008호
주   소 서울 마포구 동교로 18길 41, 한경빌딩 2층
전   화 02-325-5100
팩   스 02-325-5101
홈페이지 www.생각나눔.kr
이 메 일 bookmain@think-book.com

• 책값은 표지 뒷면에 표기되어 있습니다.
  ISBN 978-89-6489-596-2 03810
• 이 도서의 국립중앙도서관 출판 시 도서목록(CIP)은 서지정보유통지원시스템 홈페이지
  (http://seoji.nl.go.kr)와 국가자료공동목록시스템(http://www.nl.go.kr/kolisnet)에서
  이용하실 수 있습니다(CIP제어번호: CIP2016011157).